MY HERO
ACADEMIA
WORLD HEROES'
MISSION
MY HERO ACADEMIA

He will meet
"the three
Musket
THE MOVIE
WORLD HEROES' MISSION
ワールドヒーローズミッション
c2021「僕のヒーローアカデミアTHE MOVIE」製作委員会 c堀越耕平／集英社
©2021「僕のヒーロー

JUMP j BOOKS

堀《ほり》越《こし》耕《こう》平《へい》　誉《よ》司《し》アンリ

脚本　黒《くろ》田《だ》洋《よう》介《すけ》

CHARACTER キャラクター
[世《せ》界《かい》選《せん》抜《ばつ》ヒーローチーム]
MY HERO ACADEMIA
僕のヒーローアカデミア
THE MOVIE
WORLD HEROES' MISSION
ワールド ヒーローズ ミッション
オセオン
緑《みどり》谷《や》 出《いず》久《く》
個《こ》性《せい》 ワン・フォー・オール
爆《ばく》豪《ごう》 勝《かつ》己《き》
個《こ》性《せい》 爆破《ばくは》
轟《とどろき》 焦《しょう》凍《と》
個《こ》性《せい》 半冷半燃《はんれいはんねん》
エンデヴァー
個《こ》性《せい》 ヘルフレイム
バーニン
個《こ》性《せい》 燃髪《ねんぱつ》
フランス
麗《うらら》日《か》 お茶《ちゃ》子《こ》
個《こ》性《せい》 無重力《ゼログラビティ》
蛙《あ》吹《すい》 梅《つ》雨《ゆ》
個《こ》性《せい》 蛙《かえる》
リューキュウ
個《こ》性《せい》 ドラゴン
波《は》動《どう》 ねじれ
個《こ》性《せい》 波動《はどう》
統括指令部
オールマイト
個《こ》性《せい》 ワン・フォー・オール
オセオンの住民
ロディ・ソウル
ピノ

日本【にっぽん】
鉄《てつ》哲《てつ》徹《てつ》鐵《てつ》
個性《こせい》
スティール
切《きり》島《しま》鋭《えい》児《じ》郎《ろう》
個性《こせい》
硬化《こうか》
障《しょう》子《じ》目《め》蔵《ぞう》
個性《こせい》
複製腕《ふくせいわん》
耳《じ》郎《ろう》響《きょう》香《か》
個性《こせい》
イヤホンジャック
ギャングオルカ
個性《こせい》
シャチ
ファットガム
個性《こせい》
脂肪吸着《しぼうきゅうちゃく》
プレゼント・マイク
個性《こせい》
ヴォイス
天《あま》喰《じき》環《たまき》
個性《こせい》
サンイーター
エジプト
エッジショット
個性《こせい》
紙肢《しし》
峰《みね》田《た》実《みのる》
個性《こせい》
もぎもぎ
瀬《せ》呂《ろ》範《はん》太《た》
個性《こせい》
テープ
上《かみ》鳴《なり》電《でん》気《き》
個性《こせい》
帯電《たいでん》
サラーム
個性《こせい》
パピルス
Mt.《マウント》・レディ
個性《こせい》
巨大化《きょだいか》
シンリンカムイ
個性《こせい》
樹木《じゅもく》
シンガポール・マレーシア
ビッグ・レッド・ドット
個性《こせい》
大海嘯《だいかいしょう》
取《と》蔭《かげ》切《せつ》奈《な》
個性《こせい》
トカゲのしっぽ切《き》り
八《や》百《お》万《よろず》百《もも》
個性《こせい》
創造《そうぞう》
アメリカ
ホークス
個性《こせい》
剛翼《ごうよく》
常《とこ》闇《やみ》踏《ふみ》陰《かげ》
個性《こせい》
黒影《ダークシャドー》

MY HERO ACADEMIA 僕のヒーローアカデミア THE MOVIE WORLD HEROES' MISSION ワールドヒーローズミッション

コンテンツ
CONTENTS

Part《パート》.1 ヒューマライズ

VILLAIN CATALOG

フレクト・ターン

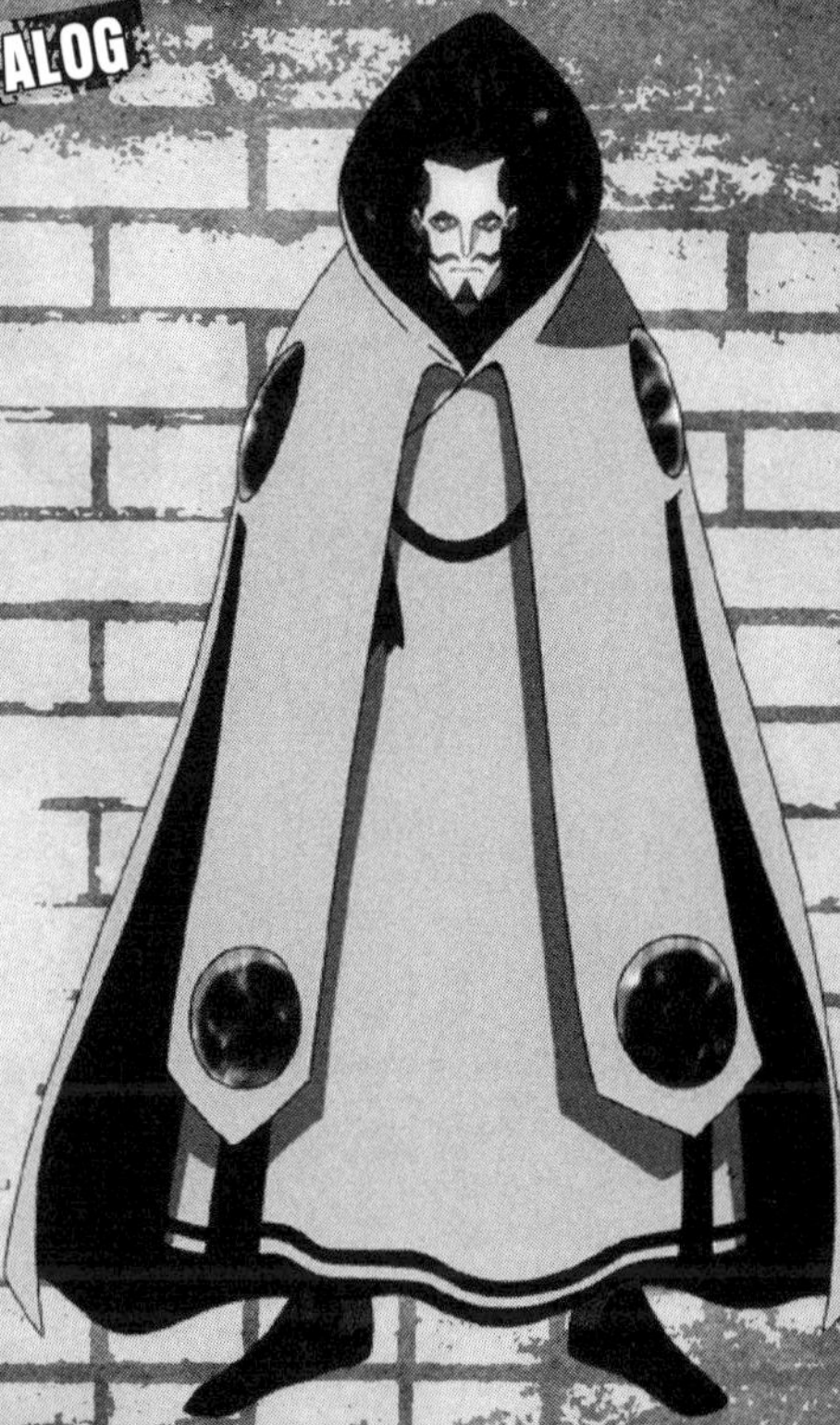

WORLD HEROES MISSION

「昔、超常的異能……すなわち〝個性〟が人類にもたらされたのはなぜか……」

薄暗く広いその空間は、まるで神殿のようだった。

左右の高い階段の先には壇《だん》があり、背後には大きなシンボルマークが掲《かか》げられている。

〝個性〟や〝無個性〟に関するおびただしい蔵書に周《まわ》りをぐるりと囲《かこ》まれたなかに、白いローブを羽織《はお》り、顔全体を覆う灰色のマスクをした無数の人間がいた。

その視線の先の、高い壇上に一人の青い肌の男がいた。

「初めの異能者《光る赤子》が生まれたのはなぜか……」

壇上に立っている男、フレクト・ターンはその視線を一身に浴びながら、訥々《とつとつ》と、けれど情感を煽《あお》るように語り続ける。

その眼下《がんか》、白いローブをまとった者たちの前にある、人類に初めて〝個性〟が現れたとされる《光る赤子》の像に、槍《やり》を持った者たちが刃《やいば》を向ける。

フレクトは仰々《ぎょうぎょう》しく一冊の本を掲げた。

「すべては悲劇である。〝個性〟は人類にとっての福音《ふくいん》ではなく、終末への始まりだったのだ。この《個性終末論》に記《しる》されている……」

天井には、さまざまな生物が混じり合った怪物・キメラのような壁画があった。

それは彼らにとって、忌《い》むべき深化《しんか》。そんな彼らの感情に寄《よ》り添《そ》うようにフレクトは続ける。

「世代を経《へ》るにつれ〝個性〟は混ざり深化し……やがて誰にも、その力をコントロールできなくなる……」

その言葉に、ローブを羽織《はお》った者たちは飲みこんだ不安をおくびにも出さず、静粛《せいしゅく》にローブに描かれたシンボルマークに左手を置き、フレクトに忠誠を誓《ちか》っている。

フレクトの声が熱を帯《お》びていく。

「人類の八割が〝個性〟という病《やまい》に冒《おか》された時代……。残された二割の純粋な人類も〝個性〟保持者と交《まじ》わり、その数を減らしていく。絶滅は目の前に迫っているのだ」

不安を覆《くつがえ》すのは熱狂。現実を直視せず、気づかないふりをして、自分たちこそが正しいと思いこめばいい。純粋さは、狂気と紙一重《かみひとえ》だ。

「我々、ヒューマライズは、今こそ立ち上がらなければならない。たとえ、大地を血に染

めてでも……」

そう言いながらフレクトが壊れ物を扱うように、本を胸に抱く。

それは守るべき未来。自分たちこそが人類を救う救世主であると。

ヒューマライズのシンボルを頭上に掲げたフレクトが大きく腕を振り上げ、声を張った。

「人類の救済を！」

「人類の救済を！　人類の救済を！」

熱狂するローブをまとった者たちの歓声がやむことはない。

その歓声の響く廊下を、逃げ出すように走り抜ける者がいた。

熱狂の声を振りきるように灰色のマスクを脱《ぬ》ぎ捨《す》てた、片目に眼帯をした男・アランには、現実を見据《みす》えたような決意が浮かんでいた。

「人類の救済を！　人類の救済を！」

熱狂が膨《ふく》らんでいく空間は、まるで破裂を待っているようだ。

その期待に応えるように、フレクトが先端の尖《とが》った機器を掲げる。スイッチの突起に指をかけ、静かに、まるで祈りの言葉のように宣言した。

「では、始めよう……」

地下深くに眠る、古《いにしえ》と未来が混じり合ったような荘厳《そうごん》な機械が起動する。

それとつながる、世界中に隠され仕掛けられていた悪の種が目覚めた。

とある国の都市の一角にあるマンホールの蓋《ふた》が震えるように揺れた直後、勢いよくガスによって吹き飛ばされた。それは一か所だけではなく、そこかしこでガスがいっせいに噴《ふ》き上《あ》がり、瞬《またた》く間に広範囲に広がった。

突然のことに困惑《こんわく》し、逃《に》げ惑《まど》う人々に気管を刺激するガスが空気中に充満していくと、変化は悲鳴とともに現れた。

腕に羽の生えた者の羽が、急激に巨大化していく。

液体化する〝個性〟を持つ者はすでに自分の体形を保《たも》てず、亀《かめ》の〝個性〟を持つ者は、全身が亀化していく。

水を出す〝個性〟を持つ者は、竜巻状に水を噴出し続け、周囲の者を巻きこみながら建物を崩壊《ほうかい》させていく。

この騒ぎにいち早く駆けつけていたヒーローも、自身の〝個性〟であるビームを全身から過剰放出させてしまう。強力なビームが、ビル群を崩壊させていく。

整備された都市は、一瞬にして瓦礫《がれき》の街へと変わり果てた。

「……あ、ああ……あああ……」

自分の意思はなく、ただ暴走し続ける〝個性〟保持者たちのパニックのなかで、たった一人、なすすべもなく、そして変化することもなく呆然《ぼうぜん》としている者がいた。その者にひどく優しい声がかけられる。

「あなたは〝個性〟を持っていないのですね?」

白いフードとマスクをした女が、マスクを取り純粋な瞳で微笑《ほほえ》んだ。

「おめでとうございます、あなたは救われたのです……」

暴走は止まることなく、〝個性〟保持者たちが耐えきれず意識を失い倒れていく。そんな地獄のような光景に目をくれることなく自分を尊《とうと》ぶような女の視線に、〝無個性〟の者は言い知れない恐怖を覚えた。


そのすべてを操《あやつ》っているフレクトが、素晴らしい始まりの光景に愉悦《ゆえつ》した。

Part《パート》.2

選《せん》抜《ばつ》ヒーロー・チーム

VILLAIN CATALOG

ベロス

多数の被害者を出したガスによるテロは、世界に衝撃を与えた。

事件からまもなく犯行声明を出したヒューマライズは、世界二五か所に施設を有している大きな団体であり、その団員は世界中にいる。

ヒューマライズに対し、無差別テロの悲劇を繰《く》り返《かえ》してはならないと、アメリカのニューヨークに統括《とうかつ》司令部を設置し、世界規模の作戦が行われることになった。

そのヒューマライズの本部があるオセオン国は大西洋に面する島国である。島国といっても一つの島をクレイド国と二分している。

そんなオセオン国の夜空を飛行する軍用輸送ヘリの中には、日本から派遣されたエンデヴァーとバーニン、オセオンのヒーローであるクレアとサイドキック、そしてインターン中の緑谷出久《みどりやいずく》と爆豪勝己《ばくごうかつき》、轟焦凍《とどろきしょうと》などがいた。

ヘリ内のモニターには、今回の作戦の概要を示した映像とともに、司令部長官の声が流れている。

『先日の無差別テロの犯行声明を出したのは、《ヒューマライズ》。人類救済を標榜《ひょうぼう》する指導者、フレクト・ターンによって設立された思想団体である。テロに使用された装置は、個性因子《こせいいんし》誘発物質《ゆうはつぶっしつ》イディオ・トリガーを強化したものだと推測される。以後、この装置を《トリガー・ボム》と呼称する』

その声は、同時に世界中で作戦に向かうチームに流されている。

『我々、選抜ヒーロー・チームの任務は、世界二五か所にあるヒューマライズの施設を一《いっ》斉捜索《せいそうさく》。団員たちを拘束《こうそく》したのち、一刻も早く保管されている《トリガー・ボム》を確実に回収することである』

日本で作戦に当たる、ファットガムの事務所へインターンに来ていた切島鋭児郎《きりしまえいじろう》と鉄哲《てつてつ》徹鐵《てつてつ》と天喰環《あまじきたまき》、そして、ギャングオルカとともにプレゼント・マイク、セメントスがおり、ギャングオルカの事務所でインターン中の耳郎響香《じろうきょうか》と障子目蔵《しょうじめぞう》がいる。

『施設では、団員たちの抵抗が予想される。また、トリガー・ボムを使用する危険も高く……』

エジプトでは、エジプトヒーローのサラームのほかにも、エッジショット、シンリンカムイ、マウントレディ、チーム・ラーカーズでインターン中の上鳴電気《かみなりでんき》、瀬呂範太《せろはんた》、峰田《みねた》

実《みのる》、塩崎茨《しおざきいばら》が。

フランスでは、リューキュウ、波動《はどう》ねじれ、麗日《うららか》お茶子《ちゃこ》、蛙吹梅雨《あすいつゆ》が現場に移動する車内で真剣にモニターをみつめている。

アメリカでは、ホークスの事務所へインターンに来ていた常闇踏陰《とこやみふみかげ》が、ホークスとともに夕日に照らされるゲートブリッジの上を飛行しながらヒューマライズの施設へ向かっていた。

「各国の警察への協力要請は自粛《じしゅく》せざるをえない。可急《かきゅう》かつ速《すみ》やかにこの任務を実行してほしい。……オールマイト」

そう言った長官が振り返ったのはオールマイトだった。元ナンバー1《ワン》ヒーローとして、事件の状況を把握し、ヒーローたちを鼓舞《こぶ》する。

「ヒーロー諸君、この作戦の成否《せいひ》は君たちの双肩《そうけん》にかかっている。テロの恐怖に怯《おび》える人々の、笑顔を取り戻そう」

オールマイトは、マイク越しにモニターに映し出されている各国のヒーローチームをみつめながら、祈るような真摯《しんし》な声で語りかける。

その声色《こわいろ》には平和を願い、数々の修羅場《しゅらば》を笑顔で乗り越えてきた力強さがある。それは同じヒーローである者たちの琴線《きんせん》に触れ、士気を高めるには充分だった。

長官の声が、響く。

『各ヒーローチーム……スタートミッション！』

その声を合図に、世界中で作戦が開始された。

オセオン国上空のヘリのハッチからエンデヴァーがバッと飛び出しながら叫ぶ。

「Aチーム、トリガー・ボムを爆破される前に確実に回収するぞ！」

エンデヴァー、バーニンに続き、クレアが飛行できるサイドキックの背に乗りながら飛び出したあと、我先にと爆豪が、続いて轟と出久も飛び出していく。急降下しながら激しい風圧のなかでバランスを取りつつ、眼下《がんか》に見えた大きな建物に注視する。

「あれがヒューマライズのオセオン本部……」

目標を見据《みす》えて呟《つぶや》いた出久に、轟が応《こた》える。

「俺たちBチームの任務は施設の制圧と、ボスのフレクトってヤツの確保だ……油断するな」

「誰にモノ言ってんだ、ああ⁉」

吠《ほ》えながら爆破《ばくは》で加速する爆豪の近くで、出久がエアフォースを放ち減速する。ヒューマライズの本部はすぐそこだ。

地上に着いた爆豪はすぐさま爆破《ばくは》で建物に向かっていく。轟は氷結《ひょうけつ》を地面に放ち、すでに建物前に降りたっているエンデヴァーたちの後ろに滑《すべ》るように着地し、そのまま建物に向かう。出久も駆けだしている。

すぐに入り口にいた団員数人が、制止しようとやってきた。

「と、止まれぇ!!」

「許可なく立ち入りは……」

「抵抗すれば容赦《ようしゃ》はせん！」

エンデヴァーは彼らを一喝《いっかつ》し、ドアを突き破り建物内へと進んでいく。作戦に無駄《むだ》な時間など組みこまれているはずもなく、一刻も早くトリガー・ボムを回収しなければならない。

エンデヴァーが、サイドキックの背に乗ってついてきているクレアに言った。

「クレア、トリガー・ボムを探してくれ」

「わかったわ、ボヤンス《透視》！」

クレアの〝個性〟で四方八方を透視《とうし》していく。

「ここで〝個性〟を使うなど……！」

しかし団員たちがただ黙って見ているはずもなく、棒などを手に襲いかかってきた。それに気づいた轟が団員たちの足下を氷結《ひょうけつ》で凍らせ、足止めした脇を通り過ぎる。だが、その奥からさらに団員たちが向かってきた。

「爆豪、団員のほとんどは〝無個性〟だ。手荒い真似《まね》は……」

「わーっとるわ！　閃光弾《スタングレネード》！」

爆豪が放った閃光弾《スタングレネード》の強烈な眩《まぶ》しさに団員たちが思わず立ち止まった隙《すき》に、轟が氷結《ひょうけつ》し足止めする。

別の場所でもブラジルのヒーローやロシアのヒーローが大勢の団員たちを戦闘不能にしていた。その最中、必死に建物内を飛行しながら透視《とうし》していたクレアの顔が曇《くも》る。

「エンデヴァー、おかしいわ、どこにも見当たらない！」

「なんだと!?」

クレアからの通信に驚いたエンデヴァーが、通信をきり換えBチームのフレクト捜索チームのヒーローに話しかける。

「Bチーム、フレクトは⁉」

『まもなく突入する！』

「確保次第、トリガー・ボムの在処《ありか》を訊《き》き出《だ》せ！」

『了解！』

出久もフレクト捜索チームのヒーローたちとともに、建物の奥へ進んでいく。事前に頭に入れておいた地図を頼りに執務室《しつむしつ》前にたどり着いた。

（あの部屋にフレクト・ターンが……）

出久が意気ごむ。そしてヒーローたちとともに中に入り、そこにいるはずのフレクトに身構《みがま》えた。

だが、中には誰もいなかった。ヒーローが通信機に叫ぶ。

「くそ！　指導者不在、周囲の捜索を！」

不在の部屋に掲《かか》げてあるヒューマライズのシンボルマークだけが、まるで踏みこんでくるのをあらかじめ知っていたようにヒーローたちを見下ろしていた。

結果、世界中にあるどこの施設からも、トリガー・ボムは発見できなかった。

アメリカチームの常闇、尾白猿夫《おじろましらお》、砂藤力道《さとうりきどう》、庄田二連撃《しょうだにれんげき》、宍田獣郎太《ししだじゅうろうた》が団員たちを拘束《こうそく》する近くで、ホークスが指令部へと連絡を入れる。

「はい。捕らえた団員たちを尋問しましたが、トリガー・ボムの保管場所を知る者は一人もいませんでした。というか、存在すら知りません。ほかの施設の団員たちも同様のようです」

マジェスティックの事務所にインターンに来ている八百万百《やおよろずもも》と取蔭切奈《とかげせつな》がいるシンガポールでも同様で、任務に派遣されたヒーローたちは困惑《こんわく》していた。

『先のテロ事件は、ヒューマライズの指導者、フレクト直属の者たちによる犯行である可能性が高いと思われます』

司令部でホークスからの報告を聞きながら、作戦失敗に悔《くや》しさをにじませる長官にオールマイトが口を開く。

「長官、我々が知らない別の施設があるのかも……」

オールマイトの言葉に、長官が応えるように言った。

「こちらの動きを察し、トリガー・ボムを事前に……各チームは現地で待機。ヒーローの

増員を要請しつつ、ヒューマライズの隠し施設を探り出せ！」

　長官が指示を出したその頃、オセオン国の深い森の中をヒューマライズの施設から飛び出したアランが必死に駆け抜けていた。

　その胸には布に包まれている何かが抱《かか》えられている。まるで自分を鼓舞するように言葉がこぼれた。

「……届けなくては……このままでは……世界が滅亡してしまう……！」

　アランは世界の命運を握《にぎ》るそれを放すまいと強く抱きしめた。

　オセオン国の郊外にある飛行場のそばには、スラム街が広がっていた。
　そのなかに小さなトレーラーハウスがある。
「ロロ、ララ。そろそろ仕事行ってくっから。おまえらはちゃんと……」
　そのトレーラーハウス内の狭い洗面所で、身支度《みじたく》を整えていた少年・ロディが後ろを振り返りながら言う。そのシャツはところどころ継《つ》ぎ当《あ》てがしてあった。

「「勉強しまーす」」

ニコニコしながら声を合わせて、ネクタイを差し出してきたのはロディの弟・ロロと、妹・ララ。ロディは少し重たげな目でネクタイを受け取り、締《し》めると再びロロとララを振り返って言った。

「帰りが遅くなるようだったら……」

「「御飯を作りまーす」」

ロロとララが元気よく差し出したジャケットを羽織《はお》り、ロディは再び二人を振り返る。

「もし、変なヤツが声かけてきても……」

そう言いながら、怪《あや》しい動きで二人に迫るロディ。ロロとララは「キャ～」と楽しげな悲鳴をあげ、狭いトレーラーハウスの中を逃げ回りながら返事をする。

「「絶対に無視しまーす！」」

「よーし！」

「「よーし！」」

おりこうさんでかわいい弟妹《きょうだい》の様子《ようす》に、ロディは腰に手を当てる。ロロとララはそんな

ロディの真似《まね》をして、同じように腰に手を当ててみせた。

「でも、今日はそこまで遅くならねえと思うわ」

平和な日常に笑って、ロディがそう言うと見送りに出てきた二人は「やった！」と喜ぶ。

「ＰｉＰｉ～！」

そんな二人にピンク色の小さな鳥がやってきて、ほっぺにチュッと啄《ついば》むようなキスをした。

「ピノ！」

嬉《うれ》しそうに鳥の名前を呼ぶララ。ピノも嬉しそうにロディの肩に乗る。

「じゃ、いってくっから」

「「いってらー！」」

弟妹たちの元気のいい声を背に、ロディは荒れ果てた町並みを駆けだしていく。けれど、頭上からの聞き慣れた音にふと足を止めて空を見上げた。

狭い建物の隙間《すきま》に干されている洗濯物と重くのしかかるような鉄橋の隙間から見える空に、中型のプロペラ飛行機が飛んでいく。

飛行機が飛んでいく空は、いつも手が届かないくらいに高くて狭い。

ロディはあっというまに通り過ぎていった飛行機をしらけた目で眺《なが》め、再び歩きだす。

少し歩くと、町並みが見えてくる。都会に比《くら》べたら不便でのどかな町の一角に、年季の入ったバーがあった。ロディは慣れた様子でそのドアを開ける。まだ昼間なので客は誰もおらず、カウンターでグラスを磨《みが》いている店主がいるだけだ。

ロディはいつものように自分を見るなり嫌そうな顔になり、ふたたびグラスを磨きはじめる店主に近づき、二枚のお札を出して訊《き》いた。

「おっちゃん、仕事あるかい？」

面倒《めんどう》くさそうに「チッ」と舌打ちした店主は、紹介料を受け取りながら口を開く。

「……イースト三番通りの裏路地《うらろじ》で受け取り、届け先はサウスグローブのチャイナレストランだ」

「ギャラはいくらくらい……」

「ケッ！　おめえが交渉できる立場かよ。黙って言い値でやってりゃいいんだよ」

店主が意地悪くバカにするようにそう言った瞬間、ロディの高く結んだ髪のなかからピノが飛び出してまるで抗議するように鳴く。

「Ｐ：ｉＰ：ｉＰ：ｉ！」

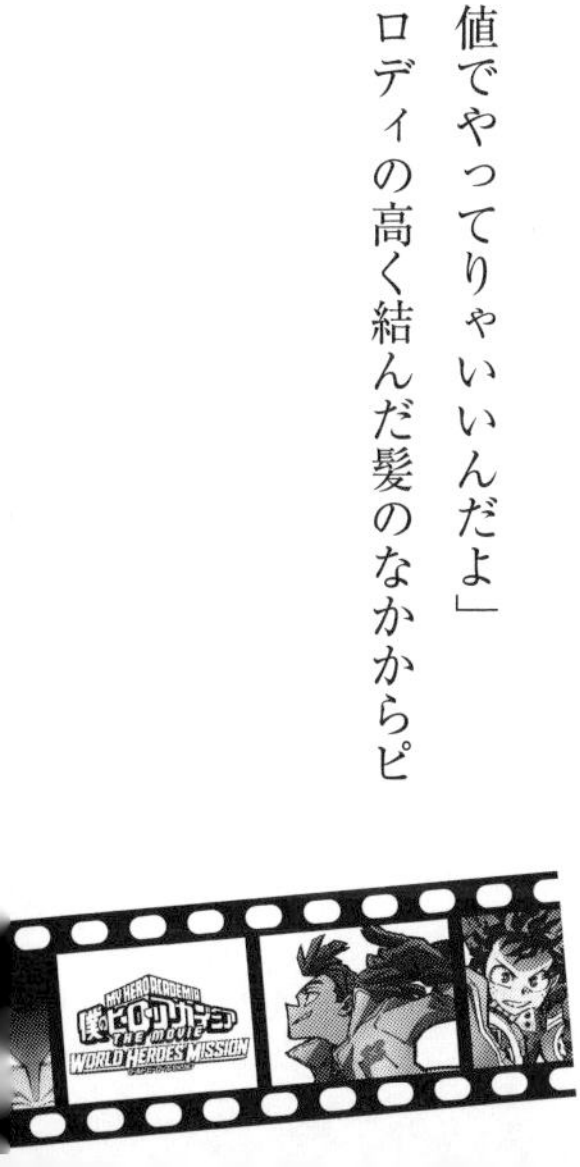

「はいはい、わかりましたよ」

ロディはそんなピノをなだめつつ肩をすくめて、バーをあとにする。

店の前にボロボロの自転車が無造作《むぞうさ》に置かれていたのが目に入り、しれっとその自転車にまたがりこぎだした。店主がそれに気づき声をあげる。

「てめえ！　オレのチャリを！」

ロディは店主に悪びれることもなく言った。

「どうせ盗品っしょ。あとで持ち主に返しておくよ」

「勝手なことするんじゃねえ、クソガキ！」

ロディは店主の叫びをごきげんに聞き流しながら、ビルがそびえる都市部へと自転車を軽快にこいでいく。

「さあ、お仕事お仕事！」

「Ｐｉ〜！」

ごきげんな鳴き声をあげるピノ。ロディは自転車のペダルを思いきり踏みこんだ。

「うわぁ、にぎやかだなぁ」

スーパーでの買い物を終えた出久は、大きな紙袋をかかえながらオセオン国の町並みを見て感嘆の声をあげた。隣の轟も少し前を行く爆豪も同じく大きな紙袋を抱えている。

「オセオンで一番大きな都市だからな」

オセオン国に着いて、あわただしく任務についた。しかも夜だったので、町並みをじっくりと見ることはできなかった。

改めて見た町並みは、ビルや店が建ち並び、人々で賑《にぎ》わっている。

急な待機になったため、当座の食料などを仕入れなければならなくなったのだ。エンデヴァーと地元ヒーローが迅速《じんそく》にヒーローを増員しているが、肝心《かんじん》の作戦がいつ再開されるかはわからない。時には、待つのもヒーローの仕事のうちだ。

「ケッ、待機だかなんだかしらねーが、なんで俺が買い出ししなきゃなんねーんだぁ⁉」

わかってはいても待つのが性《しょう》に合わない爆豪が出久に逆ギレする。轟が冷静に言った。

「チームで一番下っぱなのは俺らだ。世界選抜チームに加われたのも、エンデヴァー事務所にインターン中だったから……いわばオマケみたいなもんだ」

世界規模の任務につける機会はそう多いものではない。轟の言葉に出久が頷《うなず》く。

「でも、チームに加わったからには、全力でテロから皆を守らないと……」

それが一番の目的だと噛《か》みしめる出久に、轟が視線を移し同意するように呟く。

「思想団体、ヒューマライズ……」

「クソ妄想《もうそう》にとりつかれたクソ団体……なにが《個性終末論》だ……なんの根拠もねえ、眉唾《まゆつば》もんの御託《ごたく》を真《ま》に受けやがって……」

爆豪が辛辣《しんらつ》に言ったそのとき、三人の一ブロック先にある宝石店が突然爆発した。

その煙の中からケースを抱えた二人組が駆け出してくる。直後、店から出てきた店主が咳《せ》きこみながら叫んだ。

「宝石強盗だ！　捕《つか》まえてくれ‼」

瞬間、三人が紙袋を放して宝石強盗に向かって駆けだす。それに宝石強盗も気づいた。

「くそ！　ヒーローだ！」

「いつものところで！」

「ケース、頼むぞ！」

その声を合図に、一人は〝個性〟の疾風《しっぷう》を身にまとい回転しながら右のほうへ、もう一人のアフロ頭はバッと自分の髪の毛を引きちぎると、それを爆発させて加速しながら路地へと逃げこむ。

爆豪は爆速《ばくそく》ターボで飛び出しながら、出久と轟に叫んだ。

「てめーらは右行けッ！」

「わかった！」

返事をしながら出久と轟は疾風《しっぷう》の敵《ヴィラン》を追う。敵《ヴィラン》は疾風《しっぷう》で近くにいた人々を吹き飛ばしていった。

「どけどけっ！　どけっつってんだろ!!」

「黒鞭《クロムチ》！」

出久がとっさに黒鞭《クロムチ》を出し、吹き飛ばされた人たちをキャッチし被害を防ぐ。

「轟くんは犯人を！」

「まかせろ！」

轟は人混みを避け、横の建物の壁を氷結《ひょうけつ》で流れるように進んでいく。


一方、路地に逃げこんだ敵《ヴィラン》は、しつこく追ってくる爆豪に向かってアフロヘアを大量に引き抜き投げつけた。狭い裏路地でアフロヘアが爆竹のように爆発する。

「へへ……ザマァねえぜ」

アフロ敵《ヴイラン》が命中したとニヤリと笑《え》みを浮かべたそのとき、上空から爆豪が敵《ヴイラン》に向かって不敵に笑っていた。

「しょぼい爆発だな!!　本物見せてやるよ!!」

そう言って間近で爆破《ばくは》をお見舞いする。気絶した敵《ヴイラン》は洗濯物を干すロープに絡《から》まって宙ぶらりんになった。

「おっせーなぁ……ガセ情報だったらタダじゃ……」

ロディは待ち合わせの狭い裏路地に背をもたれながら苛《いら》ついていた。

安くない紹介料を払ったのに、仕事にならなかったらどうしてくれよう。

そんなロディの耳に突然、驚いたような悲鳴が飛びこんできた。

なんだ、と声のしたほうを覗《のぞ》くと、向こうから疾風の敵《ヴイラン》がやってくる。敵《ヴイラン》もロディの存在に気づくと、すれ違いざま「頼む!」と持っていたケースを渡された。驚き、少し身を引いたロディの前を氷結《ひょうけつ》が這《は》う。

勢いよく通り過ぎたヒーローに、ロディは事態を把握《はあく》した。荷物を受け取ったなら、あとは指定の場所にこのケースを運ぶだけだ。

ロディがダッと駆けだしたのに気づかず、轟は逃げる疾風敵《ヴィラン》の前方に氷壁《ひょうへき》を作って阻《はば》み、それに激突した敵《ヴィラン》が気絶した。

「手間取っちまった……」

反省しつつ敵《ヴィラン》に近づいた轟がハッとする。ケースがない。あたりを見回しても見当たらなかった。

「轟くん！」

やってきた出久に、振り向いた轟が言う。

「緑谷！　ケースがねえ！」

その言葉に思わず立ち止まった出久があたりを見回す。

「投げ捨てた⁉　……」

敵《ヴィラン》が持っていたのと同じケースを持って走るロディを発見し、「仲間がいる！」と轟に声をかけながら、出久はダッと追いかける。だが、裏路地から大通りに出て見失ってしまった。人も車も多すぎる。だが、そのとき車のクラクションが響いた。見ると、ロディが赤信号で道路を横断しているところだった。

ロディは道路を渡り、向こう側の路地へと入っていく。

出久は大通りの中央にある噴水を足場に、フルカウルで横断歩道を飛び越え、ロディが出てくるであろう路地の通りへと着地した。けれど、そこには誰もいない。

あたりを見回すと、ロディがアパートの非常階段を駆《か》け上《のぼ》っているのが見えた。

出久は階段の手すりを足場に跳躍《ちょうやく》し、ロディへと瞬《また》く間に近づく。それに驚いたロディの髪の中からピノが飛び出し、猛然《もうぜん》と飛んでくる出久に突進した。

「Pi〜！」

ビタッと出久の顔に張りつき、ちょうど鼻のあたりでプ〜ッとおならをかますピノ。

「ンゴッ」

あまりの臭《にお》いに固まってしまった出久が、ゆっくりと落下する。

「へへ……っ、残念でした♪」

出久を撃退して得意げになるロディの肩で、ピノはちょっとだけ恥ずかしそうにしていた。ロディは長居は無用と再び階段を上っていく。

落下した出久だったが、なんとか着地し見上げると、ロディはすでに隣のアパートの屋上にいるところだった。

「もうあんなとこまで」

出久も跳躍して追いかけ、屋上へとやってくるが、ロディはすでにそのまた隣のビルに飛び移っていた。

高い身体能力に感心しながら、出久もそのあとを追う。それに気づいたピノが「ＰｉＰｉ～！」とロディに知らせた。

「しつけーな」

ロディはげんなりしたように呟くと、一気に相手をまくべくケースを前方に高く放り投げるやいなや向かいの少し距離のあるビルへと飛び移る。転がって着地しながら、流れるように落ちてきたケースをキャッチして駆けだした。

「黒鞭《クロムチ》！」

出久は黒鞭《クロムチ》を伸ばすが、ロディは素早く移動しながらそれを避け続ける。

「そんなら……」

屋上からアパートの出窓のサッシに下りたロディは、ピョンピョンとサッシを飛び移っていく。追いかけてくる出久を意識しながら、通り過ぎる窓に「元気か？」と窓をノックすると、出久が通りがかった瞬間に、「ワン！」と窓を開けて飼われている犬が顔を出した。出久が「うわたたた」とバランスを崩《くず》す。

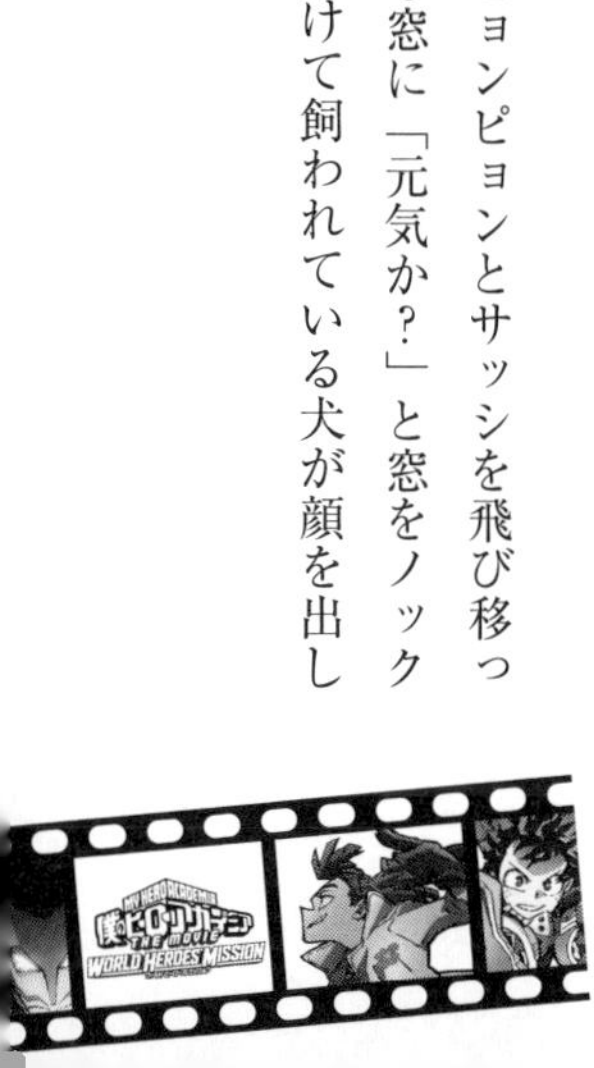

それでも追ってくる出久を配線に引っかからせたりと、裏路地は勝手知ったるロディの庭だ。

ロディは洗濯物が干してあるロープをケースを利用して滑り、すばやく地面へと降りる。追ってきた出久が舞い落ちる洗濯物を黒鞭《クロムチ》で回収し、持ち主へと返す。お礼に笑顔で応えてから地面へと降り立つが、すでにロディの姿はなかった。

「まだ遠くに行っていないはず！」

唖然《あぜん》とする時間も惜しいと出久がダッと駆けだす。その間にロディは坂道の階段の手すりを颯爽《さっそう》と滑り降りていく。

「へっ、この俺を捕まえようなんて一〇〇万年早いっつーの」

ロディに同意するように「Ｐｉ〜！」とピノが鳴いた。


その近くの上空を走る高速道路では、車を運転しているアランがどこかへと向かっていた。助手席には大事に持ってきた布に包まれた何かが置かれている。

だがその後ろから、ほかの車を強引《ごういん》に追い抜いて一台のバイクが近づいてきた。

バックミラーでその異変に気づいたアランの見ている前で、バイクの乗り手が弓を構《かま》える。一瞬煌《きら》めいた矢が瞬く間にリアウィンドウを突き破り、バックミラーとフロントガラスを破壊する。とっさに避けようとしたアランの頬《ほお》をかすめた矢が血しぶきと眼帯を散らした。

大きくグラつく車体をアランが必死に立て直し、逃げるべくスピードを上げる。

それを追うバイクに乗っている女が、左手をきつく握り開くとそこに〝個性〟の弓《ゆみ》が現れた。弓《ゆみ》の敵《ヴィラン》、ベロスは背負《せお》った矢を取り出し四本同時にアランの車に向けて放つ。

放たれた三本の矢が車内に突き刺さり、ガラスが飛び散る。アランは急ブレーキを踏むが、まるで意思を持つように軌道を変えた残りの一本がタイヤに突き刺さり破裂させた。

バランスを失って曲がりきれずフェンスに激突した車が衝撃でひしゃげ、割れた窓から、布に包まれた何か――ケースが投げられた賽《さい》のように飛び出した。

やっと出久をまいて、チャイナレストランに向かおうとしているロディが大きな激突音にハッと上を向く。頭上からフェンスなどの瓦礫《がれき》が次々と落っこちてきた。

「どわああ！　ちょ！　まって！　ギャア！」

ロディは大あわてで瓦礫を避ける。瞬間、その手がケースから離れた。

「事故？」

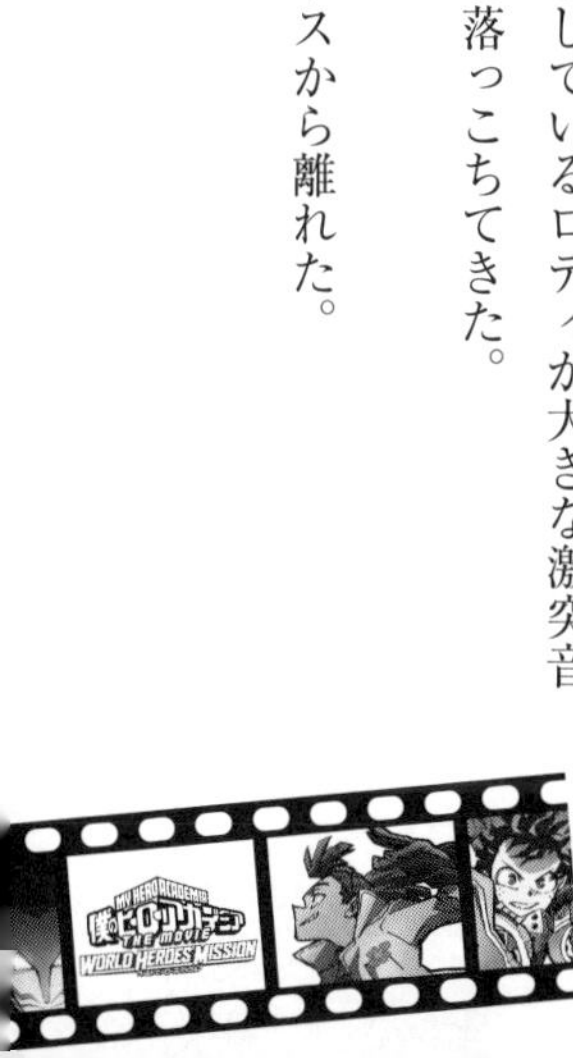

跳躍しながらあたりを探していた出久が衝突音で事故に気づいたそのとき、少し離れたところから氷結《ひょうけつ》で事故現場のほうへ向かう轟が言った。

「緑谷！　あっちは俺に任《まか》せろ」

「おねがい！」

轟に託した出久は、空中からロディを探す。

「ＰｉＰｉＰｉ！」

心配するように鳴くピノに、「だ、大丈夫……」となんとか体を起こすロディだったが、手に何も持っていないことに気づいてあわてて周囲を探す。すぐに同じようなケースがあるのをみつけホッとして、すぐさま拾《ひろ》ってその場を離れた。

「時間に遅れちまう」

そして近くの地下鉄の地上出入り口へ向かう。だが、その顔が曇った。自分に向かってくる出久をみつけたのだ。

「待て！」

地上に降りた出久も、あわててロディの後を追って地下鉄の入り口へと入っていく。

その様子を、上層の道路からベロスがじっと見ていた。

「待って、待って、待って」

出発直前の電車に飛び乗ったロディは、危機一髪のハプニングとしつこいヒーローから逃《のが》れたと、ホッと息を吐いた。

「……ろくでもねえ日だな」

ピノもホッとしたように「Ｐｉ～」と鳴く。そして瓦礫の埃《ほこり》だらけになってしまった自分の服を手で払い、胸ポケットに刺してあった妹からのプレゼントの花を優しく整えながらぼやく。

「あ～……せっかくの一張羅《いっちょうら》が台なしじゃねーか。それもこれも、全部あのヒーローのせい……」

そしてふと気づいたように顔を上げピノに言った。

「あんなヒーロー、ここらの管轄《かんかつ》にいたっけ？」

「Ｐｉ？」

考えこむピノにロディはへへっと肩をすくめる。

「ま、いっか。もう会うこともねーし」

「ヒィイイ〜!!」

近くにいた車掌《しゃしょう》の焦《あせ》った叫び声にロディが振り返る。するとそこには外から運転席の窓に張りついている出久がいた。線路を走って追いかけ、電車にしがみついたのだ。ムチャッとガラスに押しつけた顔はまるでホラーだ。

出久から逃げきるのをあきらめたロディは誰もいない駅のコンコースに降りた。

「なんで追いかけてくんだよ?」

荷物を渡されてから時間は刻々《こくこく》と過ぎてしまった。もうとっくに荷物を届け終えていなければならないと焦るロディは、尋問してくるだろう出久にプイと顔を背《そむ》けながら呟《つぶや》く。

するとと出久は、ロディの視界に入ろうと顔の正面に立ち、訊いた。

「どうして逃げたの?」

威圧的ではないが頑固そうな芯《しん》を感じ、ロディはまた顔を反対に背ける。

「仕事で急いでたんだよ」

「なんの仕事?」

また正面に回りこんで訊いてくる出久に、ロディは張りつけたような笑みを浮かべて、わざとらしくスーツとケースをアピールした。逃げきれないなら、誤魔化《ごまか》して正面突破するしかない。

「商談だよ、商談。こう見えてもやり手の営業マンなんだよ。仕事の邪魔《じゃま》しないでくれるかな？」

犯罪でも仕事は仕事だ。早くこの荷物を指定の場所にもっていかなければ金にならない。

さっさと行かないと、と歩きだしたロディに出久が言う。

「ケースの中身、見せてもらえないかな？」

「……いくらくれる？」

「へ？」

変わらぬ笑みで振り返ったロディにぽかんとする出久。

「見たいなら金払うの、当然だろ」

「中身を確かめるだけだから……」

あきらめず近づいてくる出久に、ロディはゆっくりと振り返る。

「あんた、この国のヒーローじゃないよな？　よその国で勝手にヒーロー活動していいわけ？」

わざとらしく訊いてくるロディに、出久はハッとして立ち止まる。

「そ、それは……」

「権限もないのに、命令しないでくれるかな？　それとも、一方的に追いかけられて尋問されたって警察に通報するぅ～？　しちゃおっかなぁ～？」

ロディは綻《ほころ》びをみつけたとばかりに、今度は打って変わって出久にぐいぐい迫る。目の前で指《さ》した指をくるくる回し、何も言えない出久の肩をポンポンと叩《たた》いた。

ロディの言うとおり、出久はヒーローとしてヒューマライズのテロを阻止《そし》する任務のためにこの国にやってきただけなのだ。

畳《たた》みかけるように言われて、困惑する出久の顔にロディが笑みを浮かべる。

「わかってもらえて嬉しいよ。そんなにヒーロー活動したけりゃ、自分の国でやりゃあいい。そんじゃ♪」

言い負かし、満足げにウィンクして歩きだすロディだったが、「待って」と腕をつかまれた。

出久にも譲《ゆず》れないものはある。任務を遂行《すいこう》するために来たけれど、ヒーローとして犯罪を見過ごすわけにはいかないのだ。

「……まだ何か？」

「ケースの中身を見るだけだから」

「見たけりゃ金払え」

ロディは頑《がん》として正義を貫《つらぬ》こうとしてくる出久に本気で苛ついてきた。もう時間がない。

「払うから見せて」

出久も、ロディに睨《にら》まれても一向にひかず、まっすぐにみつめかえす。

「一〇万ユール！」

ロディの吹っかけに、出久が「高すぎる！」と驚く。

「なら放せ！」

強引に行こうとするロディのケースを出久は確信を持って引っ張る。

「ちょっとだけ！」

「いいかげんにぃ！」

互いにケースを引っ張り合う出久とロディ。だがロディには味方がいた。

「Ｐｉ〜！」

ピノが出久に突進してくる。またオナラ攻撃をされると思わずのけぞってしまった出久が後ろに転がった拍子に、二人の手からケースが飛んでしまう。

WORLD
HEROES'
MISSION

地面に叩きつけられ転がるケースに、ハッとした二人が駆けだした。ロディが出久の邪魔をしようともみくちゃになりながらも、ケースにたどり着いた。二人がポカンとする。

落ちた拍子にケースが開いていたのだ。中にあったのは、書類と本だけ。

宝石が入っていると思っていた出久とロディが「「え？」」と呆然《ぼうぜん》とする。

「宝石は？　……」

出久は気まずそうにロディを見た。

「ごくろうさまでした」

事故現場では、轟が駆けつけた警官に事務手続きをすませたところだった。

意識不明のアランはすでに救急車で運ばれている。炎上した車を氷結《ひょうけつ》ですばやく消火できなければ、命を落としていたかもしれない。

「おい、こっち来てくれ」

現場検証をしていた鑑識が警官を呼ぶ。

「見てくれ、これ」

「なんだ、この跡《あと》……」

気になって近づいた轟の顔が訝《いぶか》しげに歪《ゆが》む。

（……あれは……）

鑑識が示す車体には、いくつかの小さなひし形の穴が空《あ》いていた。


その頃、ベロスは飛んでいったケースの落下地点近くにいた。

周囲から身を隠すように、狭い建物の隙間でケースを開け、中身を見てハッとする。

そこにあったのは乱雑に詰めこまれた宝石だった。ベロスは苛立《いらだ》ったように近くのごみ箱を蹴《け》り倒《たお》す。しかし、自分を律《りっ》するように一息つくと、携帯電話を取り出し、打って変わった神妙な様子でどこかに連絡を入れる。

通話先はヒューマライズのフレクトだった。

『……そうか、わかった……こちらでも手を打っておく……追跡を続けよ』

「ありがとうございます」

フレクトが続ける。

『忘れるな、ベロス。病魔に冒《おか》された者が唯一《ゆいいつ》行える贖罪《しょくざい》は……純粋なる人類を救済することだけだということを――……』

「わかっております」

敬虔《けいけん》な態度で胸に手を置き忠誠を誓《ちか》うベロスは、よくしつけられた犬のようだった。

「本当～っにすみませんでしたぁぁっっ！」

ケースの中身で自分が勘違《かんちが》いしてしまったと思った出久が、ロディに土下座《どげざ》して平謝《ひらあやま》りする。

「すっげえ、これがジャパニーズドゲザ……!!」

風圧さえ感じる土下座に少し感激しつつも、周囲の目にロディは気を取り直したように言う。

「っ、まぁ……疑いが晴れてよかったよ。なんてゆーの、ヒーローだって間違いの一つや二つしちゃうこともあるっしょ……」

引きつった笑顔でケースを持ちながら、ロディは内心焦りに焦りまくっていた。

（おいおい、どーなってんだよ、ケースの中身違うじゃん！ ……宝石じゃねーのかよ）

出久が土下座している間に、ケースを振ったり調べてみたりするが当然宝石は出てこない。きっとどこかで間違えたはずだと、ロディは必死で最後にケースを持っていた場所を思い出そうとする。

そしてすぐに思い当たった。

（もしかして、あのとき……）

瓦礫が降ってきたとき、とっさに手を離した。あのとき、ちゃんと確かめもせず、近くにあったケースを持ってきてしまった。

（取り違えたー……！）

その結論に、ロディの足がガクガクと震えだした。立っているのもやっとなのか、次第に内股《うちまた》になっていく。そんなロディに申《もう》し訳《わけ》なさそうに顔を上げた出久が気づいた。

「じゃ、じゃあ、時間ないから俺はこれで……」

ロディはケースを閉じると内股ガクガク早足で歩きだす。気ばかり焦ってしょうがない。

「汗すごいよ？　大丈夫？」

出久の心配の声にも気づかず、ロディは焦りながら早足に地上へと向かった。

（まずい、早くあの場所に戻んねーと……でも、ケースあるか？　誰かに拾われて中身見られたら確実にネコババされっだろ。相手は敵《ヴィラン》だ。なくしましたじゃすまねーぞ……。どうすんだ？　どうすんだ、俺～!!）

とにかく一刻も早くケースをみつけないと、と駅を出たロディに、追いかけてきた出久が声をかけてくる。

「あ、あの……」

「ヒィッ～！」

敵《ヴィラン》かと思いビビるロディに、心配そうな出久が近づく。

「体、本当に大丈夫？」

「ああ⁉　なんでもねぇよ」

ビビってしまったのを強がりで隠し、ロディは頭にかけていたが落ちてきたサングラスを戻し歩きだす。

「あっ、でも」

やっぱり心配な出久がロディの後を追おうとしたそのとき、遠くからサイレンの音が聞こえてきた。

何重《いくえ》にも重なっているサイレンの正体はたくさんのパトカーだった。スピードを上げて

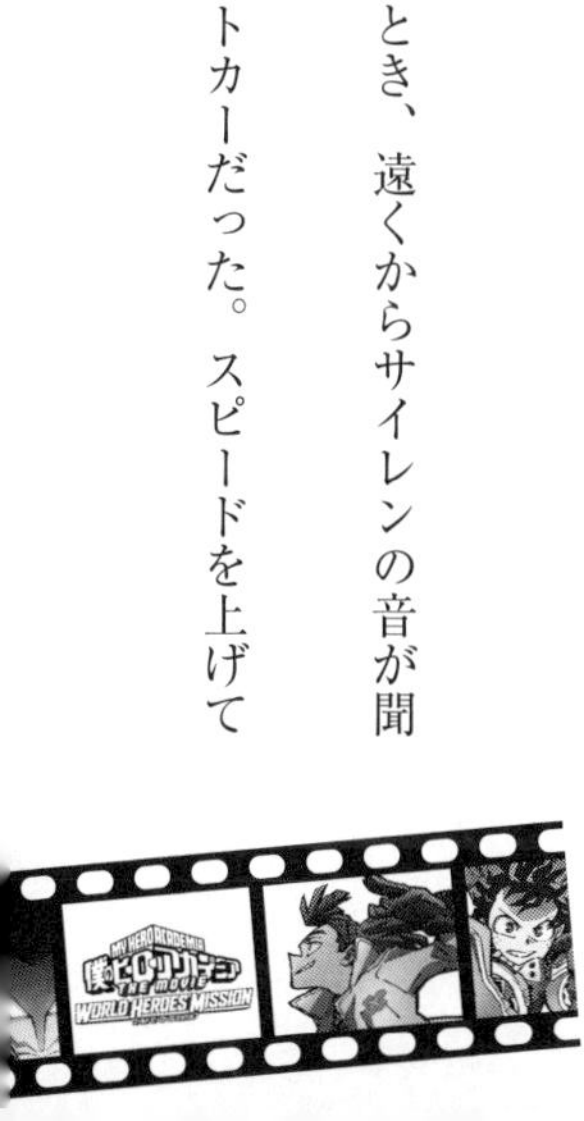

こちらに向かってきて、ロディを囲《かこ》むように急停止する。

(警察!? なんで? 準備よすぎだろ～!!)

驚き、青ざめるロディの前で、パトカーからバッと降りた警官たちが銃を構える。最前列の警官が叫んだ。

「両手を上げて、その場に伏《ふ》せろ!」

銃口を向けられたロディは思わずあとずさろうとしたが、震える足がもつれ尻餅《しりもち》をついてしまう。

「お……俺……」

両手を上げようにも、手はケースに縋《すが》るように張りついたまま。

犯罪に加担している自覚はある。けれど、こんなにたくさんの銃で狙《ねら》われるほどの犯罪ではないはずだ。

信じられない目の前の光景に、ロディはただ怯《おび》えることしかできない。

あまりに急な展開に、出久が事情を説明しようとロディの前に出る。

「ちょっと待ってください、彼は……!」

「俺は何もとってねーから～!!」

だがパニックになったロディは、思わず逃げだしてしまう。ハッとする出久。

「止まれ!!」

制止しないロディに一人の警官が叫ぶ。

「許可は出ている。撃てっ!」

次の瞬間、警官たちが発砲した。

「ヒィィ〜!!」

銃声に泣きながら走るロディ。

その体が突然浮いた。出久がロディを抱えて跳躍したのだ。

「あああああ」

「前、見て!　歯をくいしばって!」

パニックになるロディに声をかけながら、出久は黒鞭《クロムチ》を使いその場から遠ざかる。だがすぐさまパトカーが追いかけてきた。

ロディを抱えたまま狭い建物の間を抜け、走る電車の屋根になんとか着地した。

「どうして……いきなり発砲を……」

突然のことに困惑しつつも思案する出久の前で、顔面蒼白《そうはく》になったロディが放心状態で

呟く。

「死ぬかと……思った……」

電車は大きな鉄橋にさしかかった。

ロディの髪の毛につかまっていたピノも顔面蒼白だ。危機一髪の連続から束《つか》の間《ま》解放され、ロディの緊張の糸がゆるみかけたそのとき、出久が気配を感じてハッと振り向く。

遠くから放たれた光る矢が、すさまじいスピードでロディに向かっていた。

出久はとっさにエアフォースを放つ。当たる直前、弾《はじ》かれたかに見えた矢が自分の意思で軌道を変え、再びロディに向かってくる。

出久が座りこんだままのロディを抱え走りだしたその直後、まさにロディがいた場所に矢が突き刺さった。電車の屋根を貫通した矢が、まだ獲物を仕留《しと》めていないとばかりに暴れる。

(追いかけてきた!?)

ただの矢ではないと出久が気づいたそのとき、鉄橋の隙間から見える遠くの丘の上の塔に光る何かが見えた。

ベロスが再びロディたちを狙い矢を放った。

出久は再びロディを抱え、電車の屋根を走る。襲いかかってくる矢をジャンプして避け、電車から飛び降りながら黒鞭《クロムチ》で体を支える。降りた電車と入れ替わるように反対側からやってくる電車が迫るなか、さっきの避けた矢が再びロディを狙って戻ってくる。黒鞭《クロムチ》でギリギリ避けるが、矢が頬をかすったロディは意識を取り戻した。

「!?」

またしてもの危機一髪にパニック状態のロディ。そこにベロスが放った三本の矢が襲いかかってくるが、なんとか避ける。だが、鉄橋と電車の間で、暴れる矢が電車の窓ガラスを破壊していく。

車内から悲鳴があがる。しまったと出久が顔を歪めた。

(ここじゃ巻《ま》き添《ぞ》えの危険が!)

「来る!　来る!　矢が追っかけてくる〜!!」

叫ぶロディ。自分を狙ってくる矢に、目の前を猛スピードで過《よ》ぎる電車、おまけに高所で抱えられたまま揺さぶられ続けていては、もう恥も外聞《がいぶん》もなく泣きだしてもしかたない。

「あぁっ!　あぁ……」

限界を超えたロディが気を失い、落下してしまう。

ハッとした出久が矢を避けながら追おうと飛び降りる。落下しながらロディが放したケースをキャッチし、黒鞭《クロムチ》を鉄橋に伸ばして道路に叩きつけられる寸前にロディも救助した。

だが、道路にはすでにパトカーがやってきていた。あとからあとからたくさんのパトカーが駆けつけてくる。

「くっ……早くここから離れなきゃ……！」

警察と戦うわけにはいかない。

出久はロディとケースを抱く腕に力をこめ、決意を固めた。そして真《ま》っ逆《さか》さまに眼下の川へと飛びこんだ。

「チッ……！」

そのさまを丘から確認したベロスは後ろに停《と》めていたバイクにまたがり、次の手を打つため走り去る。

「バカモノ！」

オセオンチームが臨時事務所として使用しているホテルのエレベーターホールに、エンデヴァーの怒号《どごう》が響いた。

「今は重要任務中だぞ！　それ以外の事件は、地元のヒーローに任せておけばいい！」

叱《しか》っている相手は爆豪と轟。町で遭遇《そうぐう》した宝石強盗に首を突っこんだ件だ。クレームはなかったが、管轄というものもある。しかしヒーローの本質にまっすぐな少年たちには解《かい》せるはずもない。

「困っている人を救《たす》けるのがヒーローだろ」

エンデヴァーに真正面から言い返す轟。少し離れて壁にもたれながら爆豪も不満げに口を開く。

「仕事に大小つけんのかよ。インターンで、んなこと習ってねえんだよ」

内心その志《こころざし》は評価しつつも、まだまだいろんなことを学ばなくてはならないインターン中の身で抗議する轟と爆豪にエンデヴァーの眉間《みけん》のしわが深くなる。

「反省せんか！　……それで、デクはどうしてる？」

そして、もう一人叱らなくてはならない者の所在を尋《たず》ねる。轟が言った。

「宝石強盗の仲間を追跡してる。だが、全然電話に出ねえ」

「たるんどる！　インターン中だからと連れてくるのでなかった……！」

そのとき、轟の携帯が着信を報《しら》せる。画面の名前を見た轟の目がわずかに開いた。

「緑谷からだ……緑谷、犯人とケースは……」

爆豪がチラリと視線をやる横で、轟が電話に出ると出久のあわてたような声がする。

『警察にいきなり襲われた！』

「!?……おまえ、何をやった？」

『わかんないんだ！』


川岸に泳ぎ着いた出久は草むらに身を隠しながら通話していた。傍《かたわ》らでロディとピノも大の字になってピューっと水を吐いている。

「事情も話さずに、いきなり僕らを撃ってきて……あわてて逃げたら、今度は敵《ヴィラン》みたいなヤツに攻撃を受けて……！」

『落ち着け、起きたことを順番に話せ』

促《うなが》すような轟の声に、出久もいったん冷静になる。そして周囲を窺《うかが》いながら続けた。

「えっと、ケースを持って逃げた子を追いかけて捕まえたんだけど、その子が持っていたケースの中に宝石はなくて……」

「エンデヴァー！　大変よ！　デクが……」

爆豪も轟の応答を聞いて不審げに近づいてきたそのとき、クレアがやってきた。

動揺の隠せないクレアに連れていかれた会議室のモニターには、緊急ニュース番組が映っている。

その画面には出久の写真が大きく映し出されていた。画面のなかのニュースキャスターが言う。

『……情報提供を呼びかけています。繰り返しお伝えします。警察の発表によると、死者一二名を出した殺人事件の犯人は、日本からきたヒーロー・デク。本名、イズク・ミドリヤと断定。全国に指名手配しました。なお、容疑者には共犯者が一名いるとの情報もあり……』

突然のことに呆然とするしかない轟たち。電話の向こうから、何も知らない出久の声が響く。

『もしもし、もしもし轟くん？』

轟があまりの事態に思わず耳から離してしまっていた電話を再度持ち上げた。

「……緑谷、本当に何やった？」

飲みこめない事態に、エンデヴァーと爆豪も出久と通話している轟を見た。その顔には動揺が浮かんでいる。

『何もしてないってば！』

「おまえ、大量殺人犯として指名手配されたぞ」

川岸で思わず驚く出久。だが、轟が冗談など言うはずないと思い直した。

「し、指名手配ってどういうこと……？」

『それについてはこっちでも調べる。すぐにその場から離れろ。ＧＰＳで追跡される。スマホの電源を切ったらバッテリーを抜くのも忘れんな』

轟の冷静な指示を聞きながら、出久はじわじわとせり上がってくる危機感を感じはじめていた。何か大変なことが起こっている。

切れた通話にハッとした出久は言われたとおりに携帯の電源を落とす。そんな出久の肩を誰かが叩いた。

「うわあ！」

「うおっ！　びっくりした！」

驚いた出久にさらに驚いたのは、やっと気を取り戻したロディだった。

「仲間と連絡とれたんだろ？」

ロディにそう言われて、出久は思い出したように携帯のバッテリーを抜く。それに気づいたロディは訝しげな顔になった。

「なんでバッテリーを抜くんだよ？　迎えはいつ来るって？」

「そ、それが……」

顔を曇らす出久に、ロディが眉《まゆ》を寄せた。


その頃、司令部にも出久のニュースが入ってきていた。

「オセオンのチームから緊急連絡！　デクが指名手配を受けたようです！」

「っ！　緑谷少年が⁉」

愛弟子《まなでし》のありえない衝撃的なニュースに、オールマイトが驚愕《きょうがく》する。

そのニュースは瞬く間に世界に広がった。日本チームの事務所の面々も呆然となる。

「なぜそんなことに……」

「オセオンで民間人一二人を殺害したって……」

信じられない障子と耳郎。切島が激怒する。

「そんなバカなことがあるかよ！」

同じくエジプトチームの上鳴たちにも伝わっていた。

「でも、司令部からの情報だし……」

困惑しながら一緒にモニターで情報を確認していたマウントレディの言葉に、上鳴が「待って待って！」とモニターの前に出る。

「緑谷がそんなことするわけねぇよ。なぁ！」

上鳴から同意を求められ、瀬呂もほかの戸惑《とまど》うヒーローたちの前できっぱりと言った。

「当然！　なんかの間違いっスよ」

「誤報だ誤報！」

峰田も憤慨《ふんがい》してそう言ったそのとき、フランスチームのお茶子たちもニュースを知って愕然《がくぜん》としていた。

「信じない……デクくんが…デクくんが、そんなこと絶対にするわけがないっ！」

お茶子が憤《いきどお》りに声を震わす。その声に梅雨も「ケロ！」と当然のように頷いた。

「ケロ、きっと何か裏があると思うわ」

「うんうん！」

ねじれもきっとそうだと何度も頷く。それを見ていたリューキュウがモニターに映る出久の写真を見た。

「大丈夫。エンデヴァーたちも動いてくれるわ」

出久の人柄をよく知っている者たちは、出久が何か大変なことに巻きこまれているのだと信じていた。

MY HERO ACADEMIA
WORLD HEROS' MISSON

Part《パート》.3 指《し》名《めい》手《て》配《はい》犯《はん》

VILLAIN CATALOG

ロゴン

「どういうことなんだよ⁉」

近くの国道を避け、川から離れた出久《いずく》とロディは人気《ひとけ》のないオリーブ畑に移動した。出久からさっきの電話のことを聞いたロディは困惑《こんわく》のあまり苛立《いらだ》ちながら詰め寄る。

「あんたが人殺しで、俺がその共犯者⁉　いつの間に仲間になったんだよ⁉　説明しろよ！」

「僕にもわからないんだ……どうしてこんなことに……」

今までの経緯《いきさつ》から、出久にもわからないだろうことはロディもなんとなく感じてはいたが、行き場のないこの理不尽《りふじん》さを吐き出す相手は目の前にしかいない。やっと飲みこめたのは、これが現実だということだけだ。

「ああ……終わった……俺の人生、今でもどん底なのにさらに落ちてどうすんだ……最悪だ……それもこれも全部おまえのせいだ……なんとかしろよ、ヒーローだろ！」

そうだと言わんばかりに「Ｐｉ～！」と抗議するようなピノにも詰め寄られて、出久は困惑しつつ思案する。今わかっていることだけで、現状を把握《はあく》するしかない。

「警察は問答無用で発砲して、敵《ヴイラン》まで襲ってきた……それは、僕らの生死を問わないということ……つまり、彼らの目的は僕らではなく……」

「！　……こいつか」

出久とロディはケースに目を移す。何か手がかりはないかとケースの中身を調べるが、事件性がありそうなものはみつからなかった。

「……ダメだ。事件性がありそうなものは何も……って、何してんの⁉」

ロディが中に入っていた書類などを戻し、ケースを取り上げ言った。

「狙《ねら》われてんのはケースだろ。だったら、こいつを渡せば一件落着なんじゃね？　そうだよ、簡単なことじゃないか」

現実逃避しようとするロディに、出久は真剣な顔になる。

「そんな簡単じゃないよ。相手が、ケースに隠されてる秘密を知った僕らの口封じを……」

焦《あせ》るロディが、大げさだと言わんばかりに手を振る。

「待て待て待て、そうネガティブな方向に考えるなよ。そうだ、ケースを燃やそう。んで、燃えちゃった～って言おう」

内心の焦りをごまかしながら、ロディは悪巧《わるだく》みをするような顔で提案する。

「結果が変わってないよ」

少し言いにくそうにしながらも出久に冷静に突っこまれ、やけくそになったロディがケースを持ち上げる。

「ならいっそ、ケーサツに言おうぜ！」

「⁉　……なんて？」

「《ケースがほしければ一〇〇万ユール持ってこーい》ってな！」

「それ、本当の犯罪だよ！　ヤケを起こしちゃだめだ」

出久に諭《さと》され、現実逃避できなかったロディはへなへなと座りこんだ。

「なあ、やっぱケース渡そうぜ。命までは取られないって……考えすぎだって……」

縋《すが》るようなロディの態度に出久は申《もう》し訳《わけ》なさそうに眉《まゆ》を下げる。けれど、ヒーローとして譲《ゆず》るわけにはいかなかった。

「……このケースが何かの犯罪につながっているなら、簡単に渡すわけにはいかない」

その態度にロディはカッとなって立ち上がる。

「あんたの正義感に俺を巻きこむなよ！」

出久はそんなロディに冷静に告げた。

「僕たち二人……もう巻きこまれてる。命を狙われたんだ。なぜこんなことになったのか……それがわからない限り、むやみに動くのは危険だよ」

ロディは言葉に詰まる。今までのことを思い返せば、それは正論だった。そして、もうとっくに思考するエネルギーは使い果たしている。ロディは出久を見た。

「……じゃあ、どうすんだよ？」

出久もロディをまっすぐ見据《みす》えて言った。

「逃げよう」

「……はあ？」

唖然《あぜん》とするロディだったが、すぐそのあと顔を歪《ゆが》ませ、くしゃみをする。濡《ぬ》れたままの服で体が冷えてしまったのだ。出久もブルッと身震いした。

「とりあえず、着替えたほうがいいよね」

「あんた、着替え持ってんの？　持ってないよね。俺もこれだけだけど」

どうすんのと言わんばかりのロディに、出久はうーんと考えてから、ひらめいたようにポケットからお金を取り出す。何かあったときのためのお金だ。

「僕は指名手配されてるから……買ってきてくれないかな」

濡れた子犬のように眉を下げた笑顔で出久にお願いされ、ロディはしぶしぶお金を受け取り、さりげなく周囲を気にしながら道路へ出て、みつけた服屋に入った。

「くそー、俺の一張羅《いっちょうら》……」

サングラスで顔を隠したロディが自分の濡れた服を見ながら思わず愚痴《ぐち》る。店の中では店主が暇そうにニュースを見ていた。出久のニュースだったのに気づいて、ロディはさっさと着替えとリュックを選び会計をすませる。長居は禁物だ。

店裏に待機していた出久とともに服を着替えると、いくぶんかホッとする。ケースをリュックにしまい、帽子やフードで変装した二人はこっそりと移動を開始した。

ロディは訝《いぶか》しげに言った。

「……で、逃げるったってどこにだよ？」

考えこみながら出久が慎重《しんちょう》に答える。

「どんな事情があるにせよ、警察と戦うわけにはいかない。僕らが追われているのはオセオン警察……。国境を越え、隣国のクレイドに逃げこめば、彼らは手出しできなくなるはず……。包囲される前に、ここを急いで離れよう……」

そんな二人の横をパトカーが通り過ぎていく。気づかれなかった安堵《あんど》で小さく息を吐き出してから、ロディが言う。

「敵《ヴィラン》は？　敵《ヴィラン》が追いかけてきたらどうすんだよ？」

その言葉に、出久は立ち止まりロディをじっと見据えて言った。

「そのときは、必ず僕が君を守るよ」

ロディはその真摯《しんし》な顔を見て一瞬口をつぐんだ。

会ったばかりの異国のヒーロー。

暑苦しいほどの正義感で、しつこく追いかけてくる。なるべくなら関《かか》わりたくないし、薄っぺらいドラマで聞くような言葉を信じられるはずもない。言葉だけなら誰だって言える。信用なんかできっこない。

それでも、それは今まで誰にも言われたことのない言葉だった。

「今は、逃げることが最善だと思う」

黙ったままのロディに納得してもらえるように声をかける出久に、ロディはしかたなさそうに頭を掻《か》いた。

「ああ、そうかい。わかったよ。いいさ、国境でもどこでも行ってやるよ！」

信じられないまでも、今はそうするしかないのだとロディは自分に言い聞かせて逃げる覚悟を決めた。

オセオンの交通事情に疎《うと》い出久に代わり、ロディの案内でバス停の近くまでやってくる。二人は物陰《ものかげ》に身を隠しながら停車中のバスを窺《うかが》った。

「あのバスで国境方面に行ける。後ろにしがみつきゃタダだ」

「ダメだよ、ちゃんとお金払わなきゃ」

無賃乗車前提のロディに、出久が驚く。すでに慣れた出久の正義感を流して、ロディはバスが発車するタイミングを見計《みはか》らいサッと駆けだした。

「俺ら指名手配中だから通報されたら終わりっしょ」

そう言いながら軽《かろ》やかにバスの後ろに取りつくと、素早《すばや》く屋根に上るロディ。

驚いていた出久も離れるわけにはいかないと、「ああ、もう!」とフルカウルで跳躍《ちょうやく》し、バスの屋根に着地した。

「はい、無賃乗車。お仲間だね、ヒーロー」

ニヤリとロディに笑いかけられ、出久はムッとしつつ屋根から少し身を乗り出し、開いた窓から小銭をデラウェアスマッシュ・エアフォースでバスの料金箱に投げ入れる。そしてロディに言った。

「二人分、先払い」

頑固《がんこ》な出久にロディがしれっと訊《き》く。

「屋根の上に乗るのはセーフ？」

「ダメだね……」

申し訳なさそうな出久と、したり顔のロディを乗せ、バスは国境方面へと走っていく。


その頃、エンデヴァーはオセオン警察本部にいた。

「長官、証拠を提出していただきたい！　緑谷《みどりや》出久が大量殺人犯であるという証拠を！」

詰め寄っている相手は、警察長官だ。

エンデヴァーももちろん、出久が殺人を犯《おか》したなど信じてはいない。けれど、大々的に報じられ、警察の動きも異常に早い。出久が何かの事件に巻きこまれているのだろうと訴《うった》えた。

しかし、警察長官の返事は冷たいものだった。

「イズク・ミドリヤの事件は継続中……捜査情報を教えるわけにはいきません。ましてや、

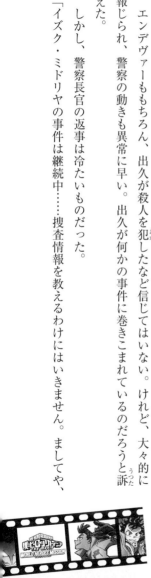

同じ日本のヒーローである身内には……」

エンデヴァーが何度訴えても、暖簾《のれん》に腕押しだった。悔《くや》しさをにじませながら、しかたなく退出していったのを見送った警察長官がポツリとこぼす。

「……日本のナンバー1《ワン》ヒーロー……エンデヴァー。ステージ5《ファイブ》の重病者め……」

その目と声色《こわいろ》には侮蔑《ぶべつ》が現れている。長官が開《あ》けた机の引き出しには、『個性終末論』が置かれていた。

「人類の救済を……」

長官はその本にそっと手を置き、忠誠を誓《ちか》う。

悪の種《たね》は、とっくに正義のなかで芽生《めば》えていた。


「ショートくん、知り合いの探偵から調査結果がきたわ」

オセオンチームの事務所では、轟《とどろき》がパソコンで何か手がかりはないかと情報収集していた。そこに、メールが送られてきたばかりのタブレットを手に、クレアがやってくる。

先日の事故のときに見た、車の奇妙な穴について調べてもらっていたのだ。

「どうでした?」

思わず立ち上がる轟に、クレアが言う。

「キミが見たという〝個性〟攻撃を受けた車、それに乗っていた人物は……ヒューマライズの団員だそうよ」

「ヒューマライズ……そいつは今どこに？」

轟は奇妙なつながりに驚く。何か知っているかもしれないと身を乗り出す轟にクレアが冷静に告げた。

「意識不明の重体で……病院の集中治療室にいるわ。警察の護衛《ごえい》つきでね」

「話は聞けねえか……」

「それともう一つ……事故現場近くに、盗まれた宝石がブチまけられていたそうよ……」

クレアがタブレットで、宝石がぶちまけられている現場と、ケースの写真を見せる。轟がハッとした。

「……まさか」

宝石強盗のケースが落ちていた。だとしたら、緑谷が追っていた仲間が持っていたケースは……。

轟が点と点がつながったと思ったとき、携帯電話からメールの受信を報《しら》せる音がした。

画面を見た轟の目に映《うつ》ったのは、大事な友達の名前だった。
「緑谷からのメールです」
「なんて?」
クレアが覗《のぞ》くまえで轟は素早《すばや》くメールを開いた。けれど、そこにあった文面は意外なものだった。
『暗くなったら
冷蔵庫にある
イチゴを
どうぞ』
「あいつ、俺たちにイチゴを?」
困惑する轟にクレアが「これ、暗号じゃない?」と気づく。
「! そうか」
その言葉に轟がメールの文章を全部ひらがなに変換した。
『くらくなったら
れいぞうこにある

いちごを
どうぞ』

そして、文章の頭の文字だけを読む。

「く、れ、い、ど……」

ハッと顔を見合わせる轟とクレア。

「クレイドって……隣国のクレイドのことよね」

出久が連絡してきたヒントを轟は受け取った。

「緑谷はそこに向かってる……クレイドに行ってみます」

「わかったわ。エンデヴァーには報告しておく」

轟がすぐさまドアに向かうと、ちょうど爆豪《ばくごう》が戻ってきたところだった。轟は爆豪の腕をつかんで、かまわずそのまま歩きだす。

「爆豪、行くぞ」

「なんだいきなり!?」

突然のことに爆豪が吠《ほ》える。だが、すぐさま轟の様子《ようす》から察知した。

「クソデクがらみだな？」

「ああ、あとで話す……」

事務所の外に出た轟と爆豪は遠巻きに物陰からこちらを見ている警官に気づく。気づかないふりをして歩きだすと、数人の警官がそっとついてきた。

このままクレイドに向かうわけにはいかない。轟が声をひそめた。

「まずあの見張りをまくぞ」

「命令すんじゃねえ」

（……轟くんたちが、つかんでくれればいいけど……このケースに隠されてる秘密を……）
走るバスの屋根で出久はメールを送ったあと、すぐにバッテリーを抜いた。
逃げる道中の自分だけでは、事態は解決できない。今は信頼できる仲間に託《たく》すしかなかった。
ロディはその後ろで背を向け、ずっと身につけていた小さな写真を入れているペンダントを開いて見ていた。

　写真はロロの誕生日に三人で撮ったものだ。誕生日だからと奮発したチキンを持ち、ギュッと寄《よ》り添《そ》って写《うつ》っている幸せそうな写真をロディは浮かない顔でみつめていた。

　バスが終点についた頃には、もう夕方になっていた。

　国境に一番近いバス停付近は、うら寂《さび》しい田舎《いなか》で、まるで誘蛾灯《ゆうがとう》のようにポツンポツンと店があるだけだ。ただその分、見通しは都会よりもいい。バスの屋根からそっと飛び降りた出久とロディは物陰からあたりを窺う。

「警察は……いないみたいだね」

　少しホッとする出久に、「なぁ」とロディは近くの店先にある公衆電話を指さし言った。

「ちょっと電話してきてもいいだろ？」

「う、うん……キミの情報は、テレビに出てないから大丈夫だと思うけど、なるべく手短にね」

　心配そうな出久にロディは待ちきれなかったように駆けだし、公衆電話のボタンを押す。

　通話待機の音のすぐあと、相手先の声がした。

『はい、スタンリーク……』

「あ、おっちゃん？」

電話の相手は、いつも仕事をもらいに行っているバーの店主だ。

『⁉　ロディか』

「いきなりで悪いんだけど……俺の家に行って、弟と妹にしばらく帰れないって、伝えてくんないかな？　金はあとで払うからさ……」

ロディの心配は、今頃二人きりでいるだろう弟妹のことだけだった。

しっかりしている弟がいれば一日くらいは大丈夫でも、それ以上何も言わずに家を空《あ》ければきっと心配してしまう。少しでも早く帰ってやりたいけれど、いつになるかわからない。だから、せめて少しでも安心させてやりたかった。

けれど、そんなロディに返ってきたのは「バカ野郎！」という罵声《ばせい》だった。ビクッとするロディ。客の反応を気にしたのか、店主は小声になる。

『てめーに、そんなことしてやる義理はねえ……！　それより、ブツが届いてねーってクレームがきたぞ……！』

「いや、それは……」

『言《い》い訳《わけ》してんじゃねえ』

「違うんだ！」

『死にたくなきゃ、とっととブツを届けろ！　いいな！』

それだけ言って切られた電話に、ロディはゆっくりと脱力した。

そういう反応をされるとわかっていたけれど、それでもほかに頼れる人などいなかった。

現実なんてそんなもん。そう思っているのに、心がじくじくと熱くて、反吐《へど》が出る。

「ブツなんてねーよ！　……クソ！」

こみ上げる怒りにまかせて受話器を叩《たた》きつけるように戻したロディに、少し離れて待っていた出久が気づく。

「どうかしたの？」

自分を気遣《きづか》う言葉と声色が、やけに耳に響く。それでも、それに縋《すが》るほどロディは子供ではなかった。

「……いや、なんでもねーよ……」

振り返り取《と》り繕《つくろ》うような笑《え》みで応《こた》えたロディを、出久は少し不思議そうにみつめた。

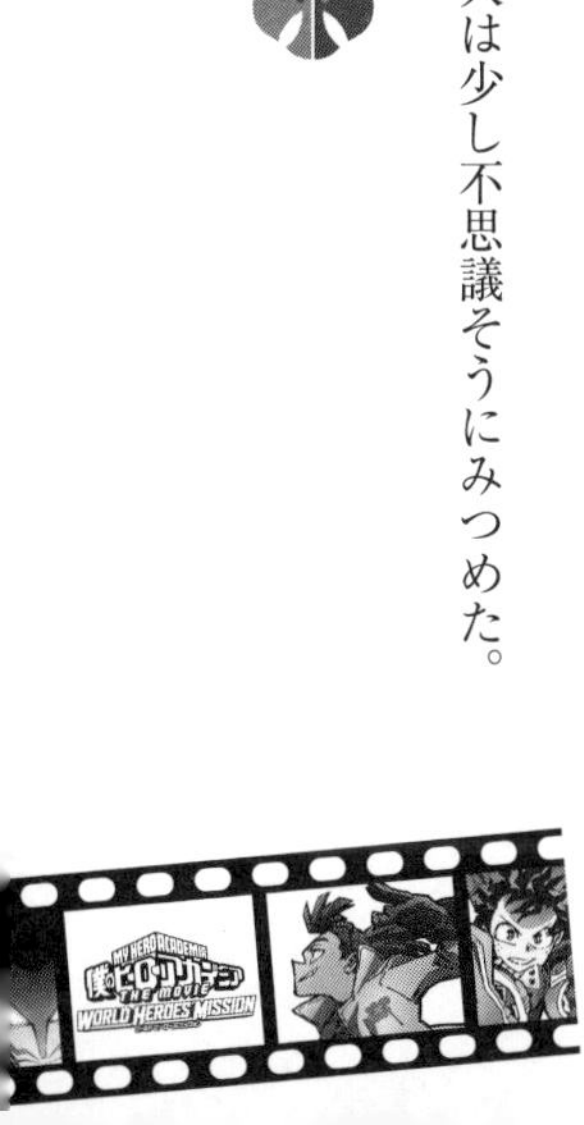

「あ？　ケースを取り違えただぁ？」

「ああ、敵《ヴイラン》が奪った宝石が入ったケース……そのケースを緑谷は途中で取り違えたらしい。今、緑谷が持ってるケースの元の持ち主は、ヒューマライズの団員だ……」

二人で協力し見張りの警官をまいた轟と爆豪は、クレイド国へ向かっているであろう出久に追いつくべく山岳《さんがく》列車に乗りこんでいた。

ヒーローコスチュームが入ったバッグを持ち、いつでも動けるように連結部分のドア付近に立っている。

車窓《しやそう》から見えるのは、本来なら、任務を終えてとっくに帰国していたはずの異国の黄昏《たそがれ》時《どき》の風景。その眺《なが》めは、当然のように他人行儀だ。

事の真相を轟から聞いた爆豪は、頭の中でパズルのピースを埋《う》めるように冷静に問う。

「警察がクソデクを追いかけ回してるのも、そのせいか？」

「おそらくな。そのケース、かなり重要なモノなんだろ。そうじゃなきゃここまで大規模に警察は動かねえ」

轟も慎重に答えながら、つなぎ合わせた答えを確信していた。

問題はその中身が何かということ。

爆豪もそのことを考えながら厄介《やっかい》そうに眉を寄せ、独《ひと》り言《ごと》のように呟《つぶや》いた。

「──警察の中にも団員がいるな」

でなければ、対応が早すぎる。轟も同意した。

「ああ、どこにヒューマライズの目が光ってるかわからない……」

例えば、この電車のなかにも団員がいるかもしれない。二人は表情を引《ひ》き締《し》めた。

「慎重に行動するぞ」

「命令すんな」

電車はもうスピードで都心を脱出していく。

店で食料と飲み物を調達《ちょうたつ》した出久とロディは、バス停から離れた馬小屋のような廃屋《はいおく》で休憩を取ることにした。

干《ほ》し草《くさ》をクッションにしてパンや缶詰などを貪《むさぼ》るように食べ、一息ついたところだ。

「やっぱり、国境までは交通機関がない。どこかで乗り物を調達するか……」

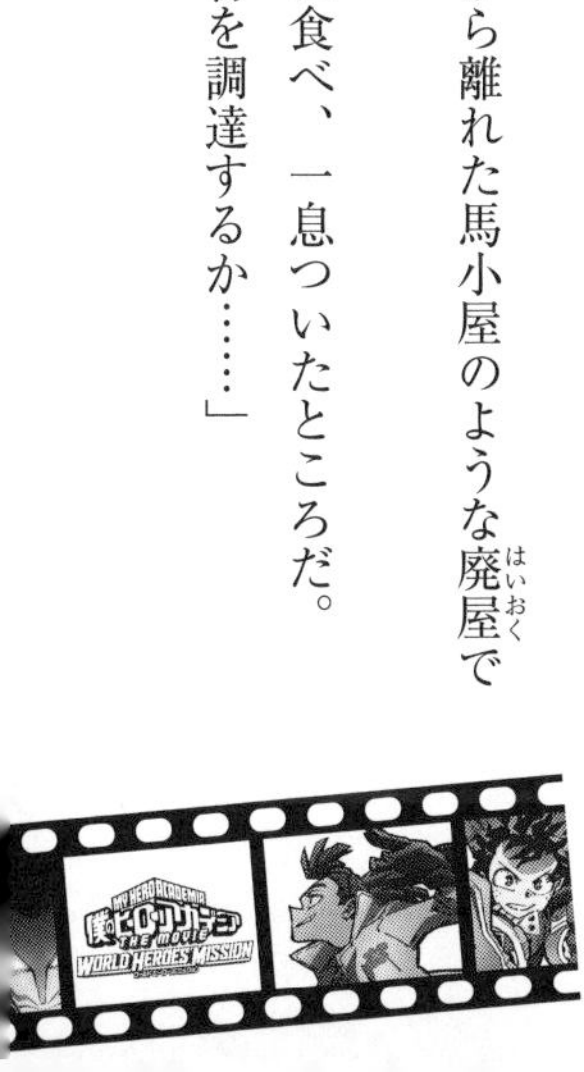

出久が店で調達した地図を広げて思案する横で、ロディは背を向けて横になっている。ピノはそんな二人の間のケースの上にいた。

「それとも歩いていくか……」

車もバイクもタクシーもない。ならば徒歩しかないかと言う出久にロディが抗議する。

「歩くぅ？　無理だろ、何キロあると思ってんだよ⁉」

「疲れたなら、僕がおぶっていくよ」

「あ？」

「困ってる人を救《たす》ける、そのための力だから」

そう言いながら、任《まか》せてというようにガッツポーズをし微笑《ほほえ》む出久。また綺麗事《きれいごと》言ってやがるとあきれるロディは苦笑《くしよう》して、再び背を向け横になった。

「俺、もう困ってっから、とっとと救《たす》けてくんない？」

「うん、絶対に救《たす》けるよ」

迷いのない声色を背中で聞いていたロディの顔から笑みが消える。それはどこか寂しげに見えた。

二人の間にいるピノが、地図を凝視している出久をチラリと窺うように見ていた。

その家は、まるで楽園のようにいつでも花が咲いていた。

そんな庭を幼いロディが赤ちゃんのララをおんぶしながら、ロロとその友達と駆け回っている。手にしているのは大のお気に入りの飛行機のおもちゃ。

「ブーン」

つかめそうな青空に掲《かか》げた飛行機は太陽の光を反射して輝き、本当に飛んでいるようだった。

「お兄ちゃん、僕も！」

羨《うらや》ましくなったロロがねだると、ロディは「ホラ」と飛行機を渡し、渾身《こんしん》の力でロロを持ち上げる。

「いいな～」

「次、オレ！」

「オレも！」

次々に立候補するロロの友達たち。ロディは腕をプルプルさせながら、ロロを持ち上げ続ける。

「すごいな、ロディ！」

振り向いたロディがパッと笑顔になる。大好きな父親が仕事から帰ってきた。

「お父さん、お帰り！」

「ただいま」

夕飯は父親の得意料理の魚介《ぎょかい》の蒸《む》し煮だ。

「ロディ、お皿並べてくれるかい？」

「うん！」

美味《おい》しくて楽しい食卓を囲《かこ》み、今日の出来事を報告する。

先生に怒られたこと、ちょっと恥ずかしい失敗も、お父さんに話すと楽しくなる。

夕飯のあとはお父さんの作った立体パズルを解《と》くのがいつもの習慣だ。けれど今回のはとくに難しかった。

「……ねえ、今回のパズル、ムズかしい。どうやったら解けるの？」

ララを抱っこしている父親に降参すると、「じゃあヒントだけな」と立体パズルを器用に動かしていく。

「あとはこれを応用して解けばいい」

父親の動かし方を真似《まね》していくと、おもしろいようにスイスイと解けていく。

あっというまにパズルを解き終えた。

喜ぶロディだったが、ふと立体パズルの中に何かが入っているのに気づく。取り出すと、それは父親が大事にしていたペンダントだった。

「これ、お父さんの……」

「プレゼント。いつもロロたちの世話してくれてありがとな、ロディ……」

父親からの愛情に、ロディが破顔《はがん》する。嬉《うれ》しくて嬉しくてたまらなかった。

けれどその数年後、魔法のように父親が消えてしまった。

『あの家、父親が失踪《しっそう》したそうよ』

『しかも、ヒューマライズの団員になったんだと』

『〝個性〟持ちは病気だとか言ってる、あのイカレた団体か』

『この前も事件を起こしてたよな』

『有名な技術者だったんでしょ？　人は見かけじゃわからないわねえ』

『おまえら、もうあいつらと遊ぶんじゃないぞ。何されるかわかったもんじゃない』

『はーい』『いこうぜ！』『おう！』

美しかった一軒家は、心ない世間の声のように落書きで汚された。

両親をなくしてしまったロディたちは、逃《のが》れるようにトレーラーハウスへ。

理不尽な仕打ち。心ない裏切り。

けれど一番わからなかったのは、父親のこと。

ロディはやり場のない怒りをぶつけたい相手の代わりに、ペンダントを地面に叩きつける。はじけ飛ぶチェーンに、自分たちも二度と元には戻れないことを悟《さと》った。

「おにいちゃん……」

なぜこんなことになっているのかわからず、ただ泣くしかない弟妹《きょうだい》たちをロディはぎゅうと抱きしめる。幼いロディには、抱きしめることしかできなかった。

「兄ちゃんはずっと一緒にいるからな……たとえどんなことをしてでも……」

弟と妹を守るためなら。

ロディは夢のなかで弟妹たちの声を聞いた気がして目を覚《さ》ます。

懐《なつ》かしい夢を見ていたようだが、その内容は思い出す前に消えてしまった。けれど、はっきりと覚えている弟と妹の声がロディを急《せ》かす。

音を立てないように振り向くと、隣でケースを抱《かか》えるようにして出久が寝ていた。

ロディはそっと上半身を起こし、寝顔をみつめる。

寝息は深く、疲れもあってよく寝ているようだった。ロディは音を立てないようにゆっくりと出久に近づき、ケースに手を伸ばす。

「んん……」

身じろぎする出久に、ハッとして止まるロディ。

出久に起きる様子はない。ロディは慎重にケースを出久の手から抜き取る。

『……このケースが、何かの犯罪につながっているなら、簡単に渡すわけにはいかない』

昼間の出久の言葉がふと蘇《よみがえ》った。

何も知らず眠り続ける幼さが残る寝顔に、蓋《ふた》をしたはずの罪悪感が蘇りそうになる。それでも、ケースを元に戻そうとは思わなかった。

ロディが出て行こうとしたそのとき、「P・i！」とピノがまるで止めるように鳴いた。

「P・i P・i！」

鳴きやむようにロディが口に指を当てても、鳴きやまない。自分を引き止めるようなその鳴き声を背に、ロディは振りきるようにケースを持って廃屋を出て駆けだす。

何もない深夜の田舎道に、自分の荒い呼吸と走る音だけが大きく聞こえる。

ケースがやけに重くて、夜がひどく暗くて、胸が痛かった。

しばらく走ったところにある公衆電話にたどり着くと、ロディはおもむろに電話をかけた。

「もしもし……」

その頃、廃屋では起きない出久に、ピノが起きろと言わんばかりに鳴いていた。

「P・i P・i P・i！」

「ん～……」

「P・iP・iP・i！」

「ん、んん……なに……」

やっと目を覚ました出久が、ハッとする。ケースがないことに驚き、隣にロディの姿がいないことに気づく。

「……もしかして……」

「P・i！」

呆然《ぼうぜん》とする出久がピノの鳴き声に顔を上げる。

ピノが出口へと飛んでいき、「P・iP・i！」と手招きしていた。こっちだと言わんばかりのピノに、出久は荷物を持ち、あわてて駆けだした。


電話をかけてからしばらくして、一人ペンダントをみつめていたロディの上空へヘリコプターがやってきた。

眩《まぶ》しいライトに照らされながら手を振るロディの近くにヘリコプターが着陸、一人の男が降りてくる。

「……警察の人かい？」

「ケースを渡せ」

横柄《おうへい》にそう言われながら、ロディは男にケースを投げた。

「これで、俺は自由ってことでいいんだよな？」

ケースがすべての元凶《げんきょう》なら、これを渡して、何もなかったことにする。そして弟と妹の元に一刻も早く戻る。それがロディの理屈だった。

「仲間はどこだ」

「え？」

「おまえもそいつも知ってるんだろう。このケースの秘密をなぁ!!」

そんなロディの前で男の腕が棍棒《こんぼう》に変形していく。腕だけではなく全身が巨大化し、まるで鬼のような容貌《ようぼう》になった。

「し、知らない……な、何も知らないって……」

冷たく凶暴な視線を向けられ、本能的な恐怖にロディの体が震えだす。男は警官ではなく敵《ヴィラン》だったのだ。周《まわ》りには誰もいない。あの棍棒に一撃でもされれば、おしまいだ。

ロディは自分が危険な賭《か》けに出たことを知っていた。一縷《いちる》の望みにかけたのだ。けれど、その望みさえ、とてつもなく甘かったのだと今さら気づいた。それでも、殺されるわけにはいかない。ロディは必死に訴える。

「弟と妹が待ってるんだ……頼むよ……帰らせてくれよぉ!!」

けれど、棍棒の敵《ヴィラン》、ロゴンはそんなことは耳に入らないように、ロディに向かって凶器と化した腕を大きく振り上げた。動けないロディに棍棒が当るその直前。

上空から、出久が激しいエアフォースをロゴンに向かって放った。

「うあっ!」

激しい風圧に、ロディが吹き飛ばされた。けれどロゴンは棍棒でそれを防ぐ。

「エアフォースを! なら……! スマッシュ!」

飛び降りながら出久はロゴンを蹴《け》り飛《と》ばす。

吹っ飛ばされたロゴンはヘリに激突した。そのとき、何かに気づいた出久がケースを拾《ひろ》っているロディに向かう。

「お、俺は!!」

自分に向かってくる出久に捕《つか》まると思ったロディが、逃げだそうとした直後。

「――っ!!」

ロディを庇《かば》うように前に飛び出した出久の胸に、矢が突き刺さった。

その光景に、ロディが息を飲みハッとする。ヘリの近くから弓《ゆみ》の敵《ヴイラン》、ベロスがロディを狙っていたのだ。

「チッ」

ベロスがロディを仕留《しと》められなかったことに舌打ちし、すぐに四本の矢を構《かま》える。

出久はそれを見て、すぐさま強烈な蹴りを放った。

「スマッシュ!!」

すさまじい風圧とともに巻き上げられた土煙が敵たちを飲みこむ。煙幕《えんまく》だ。

「ぐ……」

痛みに思わず呻《うめ》く出久にロディはどうしていいかわからず立《た》ち尽《つ》くす。

「お、おまえ……」

「しっかりつかまって……!」

動揺するロディを抱え、出久はその場を離れるべく跳躍した。

土煙が消えた頃には、すでに出久たちの姿は見えなくなっていた。

跳躍を繰《く》り返《かえ》した出久だったが、限界がきて着地とともに塀の陰にうずくまってしまう。

刺さっていた矢が血とともに落ちた。

「ぐ……」

「待ってろ、すぐに薬を調達して……」

少し離れたところにある民家をみつけて立ち上がろうとするロディ。だが、それを出久が遮《さえぎ》る。

「き、傷は……そんなに深くない……スマホを、ダメにしちゃったけど……」

胸ポケットに手を入れて粉々になった携帯電話を取り出す。矢の威力を半減させてくれていたのだ。

少し安堵するロディに、「ごめん」と背負《せお》っていたリュックを向ける。

「リュックから医療キットを出してくれない？」

「あ、ああ……」

「あの敵《ヴィラン》、手強《てごわ》いよ……。応急処置したらすぐにここも離れよう」

ロディは医療キットを取り出しながら、出久を戸惑《とまど》うように見た。

応急処置をした出久とロディはそこから離れた場所に洞窟《どうくつ》をみつけ、そこに身を隠すことにした。

近くに落ちていた木を集め、火を起こす。夜明けはまだ先だ。

心臓には達していないが、決して浅くはない傷を負《お》ったばかりなのに、出久は真剣に地図を見てクレイド国へのルートを考慮している。

ロディは目をそらし、目の前のたき火をみつめた。

ゆらめく炎は、人の心も揺らす。

「……どうして庇ったんだよ……？」

「？　……どうしてって……？」

出久がロディを見る。ロディは口を閉じたかった。けれど、一度あふれてしまった気持ちは、止めようがなかった。思わず立ち上がり、入り口近くへ。

後ろめたくなると、息苦しくなるのはどうしてだろう。

「俺はケースを持ち出した……あんたを裏切ったんだ…………俺なんか庇わず、ケース取り返して、逃げりゃよかったんだ……」

それぞれ、自分の理屈を通しただけ。だから、本当にそうなったとしても恨《うら》みっこない。

なのに、出久はロディを庇った。

「そんなこと、できないよ」

そう言う出久に背を向け、ロディはハッと鼻で笑って続ける。

「昼間だって敵《ヴィラン》が盗んだ宝石を運んでたんだ。あんたらヒーローが嫌いな犯罪者だぜ⁉」

「困ってる人を放っておけないよ」

平行線の会話に、わけがわからず怪訝《けげん》そうな顔で振り返るロディ。

「どうしても救《たす》けたいって思っちゃうんだ」

「……それでケガしたら割に合わねえだろ？」

ロディの問いに、出久はきょとんとする。質問の意味を理解すると、くったくない笑みを浮かべて言った。

「救《たす》けられれば、それで充分だよ」

自分のなかの常識が通じない。ロディは理解できない出久の存在に少し苛立ったように頭を掻き、その場に腰を下ろした。

「よくわかんねえ」

わかったのは、出久が心からそう思っていることだけだ。だからこそ理解しがたい。

燃えて崩《くず》れる枝。頬《ほお》に伝わるたき火の熱。

ゆらめく炎を見ながら出久が口を開く。

「……ずっと憧《あこが》れてたんだ。笑顔で人々を救《たす》ける……そういうヒーローになりたくて……」

出久の顔が幸せそうに熱を帯《お》びる。

「オールマイトのようになりたくて……」

「オールマイトって……世界的に有名な、あの⁉」

「うん、僕の師匠《ししょう》なんだ」

「マジかよ……」

ロディは出久から目をそらし、うつむく。

「オールマイトみたいになりたい……あんたはその夢を追いかけてヒーローになった……。

ハッ、俺とは大違いだな」

「え？」

ロディは自虐的《じぎゃくてき》に笑い、夜空を見上げる。

今にも降ってきそうな無数の星。空気に溶《と》けていく煙。弾《はじ》ける小さな火花の音。

世界はまるでそれだけで、隣にいるのは互いだけ。

だからこそ、なんも隠さなくてもいいと思えた。

「俺は先のことなんか、なんも考えられねえ。パイロットになりたいなんて寝言、言ってる余裕もねえ。幼い弟妹を養うだけで、いっぱいいっぱいだ」

「ぼ、僕は……」

立ち上がろうとする出久に、ロディは声を荒らげ遮る。

「何も言うなよ、同情なんかされたくねぇ！」

今は繕うような言葉は聞きたくなかった。

「………」

ロディの気持ちを感じとったように、出久が口をつぐんだ。短い沈黙のあと、ロディが口を開く。

「ヒーローなんて……目立ちたがり屋で、人救《ひとだす》けとか言いながら金儲《かねもう》けするヤツらの集まりだと思ってた。現に、俺の住む町にヒーローは来てくれねえ。金になんないからな」

両親がいなくなって、世間から弾かれたとき。

一番誰かに救《たす》けてほしかったときも、ヒーローは来てくれなかった。耳あたりのいい言葉さえかけてくれず、救《たす》けるふりさえしてくれなかった。だから、自分でなんとかしようと必死だった。

ヒーローなんて、いない。ずっとそう思っていた。

けれど、今、隣にいるのはまぎれもなく。

「……でも、あんたみたいなヒーローもいるんだな。……あんたに救《たす》けられれば救《たす》けられるほど、俺はなにやってんのかって思うよ……俺、カッコ悪《わり》ィ……」

出久は会ったときから、ずっと変わらずヒーローだった。

思い返せば返すほど自分の態度が恥ずかしく、うつむくロディに、出久は口を開いた。

「僕も、カッコ悪いよ……」

ロディの本音を受け止め、出久は傷だらけの右手をみつめながら静かに続ける。

「……幼いころからヒーローになりたいって思ってたけど……おまえはダメだ、ヒーローなんかになれるわけないって、ずっと言われて……」

出久の脳裏《のうり》に、爆豪が思い浮かぶ。誰より辛辣《しんらつ》だった幼なじみ。道が見えなくて辛《つら》かった日々でも、夢だけはずっと握《にぎ》りしめていた。

「〝個性〟がうまく使えなくて、学校の落ちこぼれで……そんな僕はクラスメイトのみんなに支えられてばっかりで……」

オールマイトに出会って、受《う》け継《つ》いだ〝個性〟を自分のものとして操《あやつ》れるようになるまで、毎日毎日死にものぐるいで訓練した。けれど、どんな日々ももう辛くはなかった。雄《ゆう》英《えい》高校で出会った大切な仲間たちがいてくれたから。そこには本音でぶつかりあった爆豪も含まれている。

同じ空の下にいる仲間に想いを馳《は》せる。自分はずっと、誰かに救《たす》けられているのだと出久は思う。

「僕はカッコ悪いままだよ……だから……カッコよくなりたいんだ……。笑顔で人々を救《たす》けられる、そんなヒーローに……！」

真摯《しんし》な顔に、ロディが魅入《みい》られる。

その本気の言葉。

自分をカッコ悪いと言う出久が、カッコよくなりたいと言った出久が、とてもカッコよく見えた。

「Ｐｉ～！」

ピノが出久のほわほわ頭に着地する。まるで鳥の巣のようだった。

「ピノ」

「そいつはピノっていうんだ」

「Ｐｉ～！」

よほど心地いいのか、懐《なつ》いたように頭の上でピノが嬉しそうに跳《は》ねる。ロディが近づき口を開く。

「俺はロディ。ロディ・ソウルだ。あんたの名前は？」

ロディの柔らかい表情に、出久は笑みを深めて改めて立ち上がった。

「僕はイズク・ミドリヤ……ヒーロー名は《デク》」

「デク……覚えやすいな」

「うん、気に入ってる」

ピノも気に入ったように「Ｐｉ～」と鳴く。

今まで名前を知らなかったのが不思議に思えて、ロディは小さく笑う。出久もそれにつられたように微笑んだ。

「少し寝ておこう、ロディ」

「ああ、そうだな、デク」

出久とロディの横で、薪《たきぎ》を燃やし尽くしたたき火がゆっくりと消えていく。

夜が優しく二人を包んだ。

二人が眠りについたその頃、ヒューマライズ本拠地の神殿ではフレクトがモニター越しに警察長官から報告を受けていた。

『申し訳ありません、寸前のところでとり逃がしました……現在、警官を総動員して行方を追っております……』

「軍は動かせないのかね?」

フレクトの言葉に長官はわずかにうろたえる。

『さすがに、私の権限では……』

「捜索を続けよ」

『はっ、人類の救済を……』

冷静に通話を切ったフレクトが隣のモニターに視線を移す。

そこに映っているのはケースを持っているロディだった。

MY HERO ACADEMIA
WORLD HEROS' MISSON

Part《パート》.4 《人《じん》類《るい》救《きゅう》済《さい》装《そう》置《ち》》

VILLAIN CATALOG

シデロ

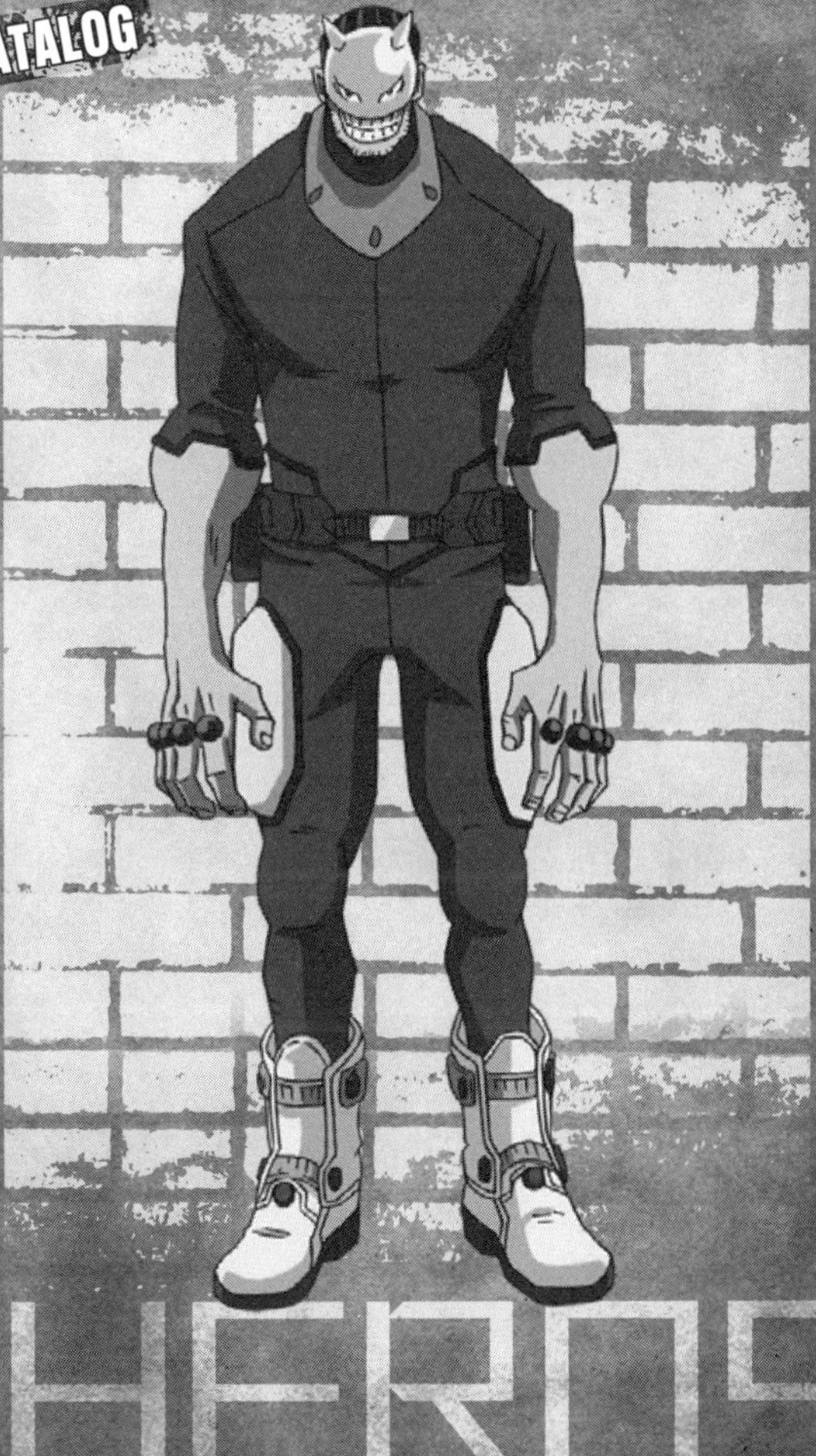

早朝、眠りの底にいた出久《いずく》は、遠くから近づいてくる音と振動に起こされた。

「……ん、んん……敵《ヴィラン》……!?」

洞窟《どうくつ》にいた出久は、車の音にハッとし思わず立ち上がる。急な動きに痛む胸を押さえながら、そっと洞窟の入り口から外を窺《うかが》う。けれど、そこにいたのはロディだった。

「ロディ?」

「あぁ、起こしちまったか」

ジープから降りてきたロディが出久に気づく。

「その車は?」

驚き、ジープを見る出久に、ロディはしれっと笑った。

「借りてきた。歩きだと辛《つれ》えだろ。料金後払いで借用書も書いてきた。ヒーロー協会名義でな」

ロディは少し離れたところにあった牧場から、何台かあるうちの一台をこっそり借りてきたのだ。

「セスナを借りられれば、速攻《そっこう》でクレイドまで行けるんだけどな」

明るく言うロディに出久が驚く。

「セスナって……ロディ、操縦できるの？」

「冗談だって……乗れよ」

ロディとともに乗りこむ出久。ロディは慣れた様子《ようす》で車を発進させた。

日の出前のうっすらと白《しら》みはじめた空。

少し肌寒《はだざむ》い風が心地よく、ただまっすぐ道を進んでいく。

振動に揺られながら、ロディが「なぁデク」と声をかける。

「なに？」

「ケースの秘密がわかったら、俺、家に帰れるよな？」

「もちろんだよ……あ、幼い弟さんがいるんだっけ？」

「妹もな」

その言葉に出久がふと思い出したように訊《き》いた。

「ご両親は？」

「お袋は一番下の妹を生んだあと、すぐ逝《い》っちまった。だからオヤジは、俺たちを必死に育ててくれた……けど、いきなりいなくなった」

さばさばと答えたロディに、出久が少し戸惑《とまど》いながら「いなくなったって……?」と訊く。

「ヒューマライズって知ってるか?」

「無差別テロを起こした団体……」

ヒューマライズのテロを阻止《そし》するために、出久たちはこのオセオン国に来た。共通点にわずかに驚く出久の隣でロディは続ける。

「ああ、オヤジがそこの団員だってことがわかって、そっからはもうさんざんさ。ツルんでたダチは離れるわ、学校や家を追い出されるわ、まともな働き口すらみつからねえ……」

「……そうだったんだ……」

出久は昨夜のロディとの会話を思い出していた。その事実に胸が痛む。けれど、もう戻れない過去への憤《いきどお》りのような悲しみは、ロディにとって重荷になりそうな気がした。

「オヤジのことを恨《うら》んださ。恨んで恨んで……んで、どうでもよくなった」

ロディはあっけらかんと笑ってみせた。

「今は、弟と妹のほうが大事だ。まともな生活を送らせてやりたい」

笑いながらもその声色《こわいろ》には、強い決意がある。

子どもが背負《せお》うには重すぎる運命や恨みに呑《の》みこまれず、必死で抗《あらが》ったロディが、出久にはカッコよく見えた。

ロディは前を見つつ、首元からペンダントを取り出して蓋《ふた》を開いて出久に渡す。幸せそうな写真に出久の顔が綻《ほころ》んだ。

「へえ、かわいいね」

「弟は頭のデキがよくてさ、妹はかなりかわいい」

「うん」

「将来、絶対美人になる！」

微笑《ほほえ》ましく聞いていた出久が、運転そっちのけでニコニコと写真を覗《のぞ》きこんでくるロディにギョッとする。

「前！　前みて、ロディィィ～!!」

大きく蛇行《だこう》するジープ。

瞬《またた》く間に昇《のぼ》る太陽が世界を照らす。

ジープはクレイド国へとひた走る。

だが、幹線道路は待《ま》ち伏《ぶ》せされている可能性が高いかもしれないと読んだ出久の指示で、道なき道を行くことにした。順当にいけば、明日の昼には国境にたどり着くはずだ。

途中、別の道路に出てガソリンスタンドで給油し、食料を仕入れる。出久を怪《あや》しむ店主の目をロディがそらしたり、川を渡ったり、雨の岩場に苦戦したりしながら、なんとか進む。

深夜になり、壊《こわ》れた建物に車を隠して休憩をとることにした。

ロディは出久の包帯を取り替えながらしみじみ言う。

「いやー、デクの〝個性〟、便利だな」

雨に降られた岩場でジープが動けなくなったとき、出久の黒鞭《クロムチ》で車をひっぱり上げていた。その言葉に、出久はふと思い出したように訊く。

「ねえ、ロディ」

「ん?」

「〝個性〟あるよね? どんな〝個性〟?」

「言いたくねえ」

すぐさま返ってきたむくれたような返事に、出久はハッとする。

「ご……ごめん……」

言いたくないことを訊いてしまったとシュンとしてうつむく出久。

ロディは包帯を黙って結んでいたが、妙な沈黙に耐えきれず口を開いた。

「笑わねーなら……」

その言葉に出久がバッと真剣な顔でロディを振り返る。

「笑わない」

「絶対だな」

「絶対笑わない」

念を押すロディに出久は真剣な顔のまま、首がちぎれそうなほどブンブンと横に振る。

ロディは恥ずかしそうに顔をしかめた。

「俺の〝個性〟は——……」

オセオン国とクレイド国の国境は、広大な渓谷《けいこく》の底にあった。

ガス欠になった車から降り、出久とロディが岩陰《いわかげ》に身を隠《かく》しながら、まだ遠くにある国境を双眼鏡《そうがんきょう》で覗《のぞ》く。

渓谷に沿《そ》うように線路が敷かれており、国境に一番近い鉄道の駅には警官隊が配備され、停車している列車から出久たちを探しているようだった。

「ものすごい警備だ……戦わずに正面突破はできそうにない……」

そう言って、出久はそびえる崖《がけ》を見上げる。

「ここを越えて行くしかないね」

「…………」

崖は高くそびえていた。

それでも、これを越えるのが最短距離だ。冷静にそう言った出久の横顔にロディは、それが可能なのだろうと思い知る。

「乗って。早くしないと――」

「デク、これを持ってけ」

背負っていたリュックを前に回し、ロディを背負おうとする出久に、少し考えていたロディがケースを差し出した。

「……ロディ？」

「そのケガで俺を抱《かか》えて登んのしんどいだろ？　俺はここまでだ」

傷はまだ完全に塞《ふさ》がってはいない。少しでも身軽なほうが素《す》速《ばや》く動ける。

そして、今、大事なのはケースの中身を持ってオセオン国から脱出することだと、ロディも冷静に判断した。

「でも、車はガス欠だし、こんな場所で一人にさせるわけには……」

「俺の逃げ足の速さは知ってるだろ。木の実でも食ってここで待ってっから……早くケースの秘密解《と》いて、迎えに来てくれ」

「ロディ……」

「頼んだぜ、ヒーロー！」

心配そうな出久にロディはニッと笑ってみせた。

ロディの心意気を感じた出久が、ケースを受け取ろうと手を伸ばしたそのとき、急激に近づいてくる爆音とともにヘリコプターが上空に現れた。

ハッと見上げる出久たちが見たのは、ヘリから自分たちを狙《ねら》う弓《ゆみ》の敵《ヴィラン》ベロス。

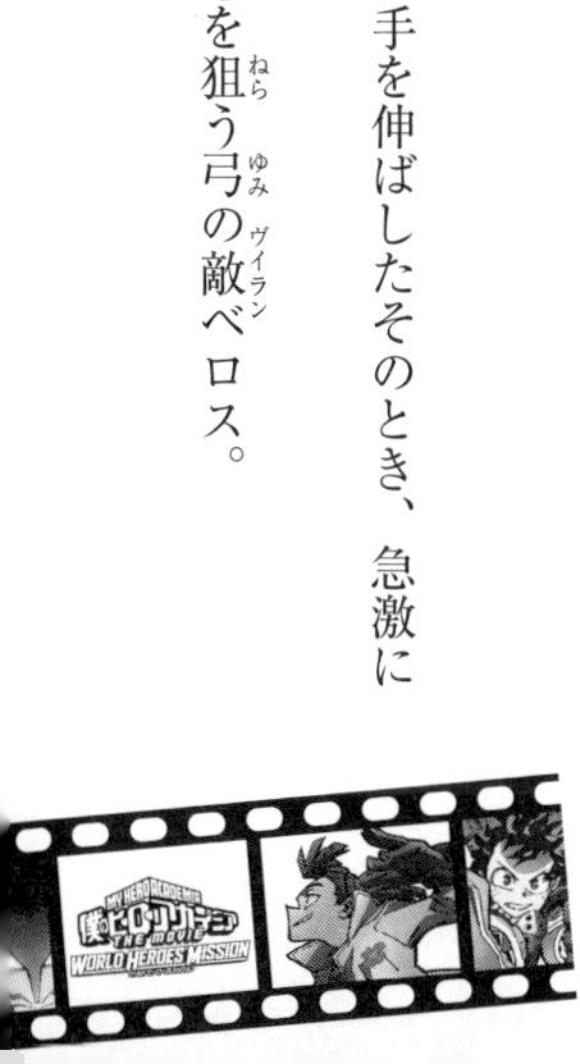

「あいつ……!!」

出久はとっさにロディを抱え、フルカウルで崖を跳躍《ちょうやく》でのぼって矢から逃げる。

「これ以上の失敗は……！」

すばしっこい出久に苛立《いらだ》ちを見せるベロスに、ヘリに同乗していたもう一人の敵《ヴィラン》、シデロが拳《こぶし》から出した小さな鉄球《てっきゅう》を「使え」と差し出す。受け取ったベロスが矢の代わりに放った鉄球は、崖に当るまえに突如《とつじょ》大きくなった。

大きな鉄球が当たり、出久たちの頭上の崖が崩《くず》れる。その様子は駅からも目視できた。

「うわあああ！　くそっ、なんなんだよ、あいつら！」

ロディが思わず叫ぶ。落石が迫るが、なんとか避けながら上へとジャンプしていく。だが、また鉄球で崖を崩され、落下する出久たち。

「くっ……！」

出久は落石の隙間《すきま》から黒鞭《クロムチ》をヘリへと伸ばす。それに気づいたベロスが驚いている間に、出久は黒鞭《クロムチ》で一気に上昇した。そして黒鞭《クロムチ》を消し空中でロディを抱えたまま、ヘリに向かい強烈な蹴《け》りを放つ。

「デラウェアスマッシュ・エアフォース！」

風を食らってヘリが大きく回転する。出久はそのまま崖の頂上に転《ころ》がるように着地した。

「ぐっ……ロディ！　大丈夫？」

「いてて……ああ、なんとか……」

出久は転がった拍子《ひょうし》に放してしまったロディを心配する。それに応《こた》えたロディがハッとした。

「ケースが……！」

少し離れたところにあったケースをみつけ、ロディが走りだしたそのとき、再び出久たちの頭上にヘリが現れた。

「ロディ!!」

「うわああ!!」

落ちてくる鉄球で地面がめくれ上がる。不安定な足下にもかかわらず、ロディは弾《はじ》かれたケースに反応して思わず飛び出した。落ちる寸前でなんとかキャッチしたが、かろうじて片手で崖にしがみついている。

「ロディィ！」

すぐに駆けつけようとする出久。だが、鉄球が邪魔《じゃま》をする。その隙《すき》にヘリから飛び降り

てきたシデロがロディの頭上に着地した。

「ぬううう！」

そしてロディめがけて、ケースごと潰《つぶ》してしまおうと大きな鉄球を持ち上げる。それに気づいたロディが叫んだ。

「受け取れ、デクー!!」

精いっぱいの力をこめて出久のいるほうへとケースをブン投げる。

「ロディ！」

駆け寄る出久の前方にケースが落ちる。だがベロスが放った矢に狙われ、ケースにもロディにも、なかなか近づくことができない。

「人類の救済を!!」

シデロがそう叫びながら、かろうじて崖にすがりついているロディめがけて大きな鉄球を投げ落とそうとする。

しかしその前につかんでいた岩が崩れ、ロディが落下してしまう。このまま岩場に叩《たた》きつけられれば確実に命はない。

「う……わぁ……！」

その瞬間、シデロの後方から生き物のように氷が這《は》い寄《よ》ってきた。瞬《また》く間に伸びた氷結《ひょうけつ》が、シデロに襲いかかり拘束《こうそく》する。そしてそのまま龍《りゅう》のようにうねり、落下するロディを受け止め、頂上へと戻す。

「これは……轟《とどろき》くん!?」

出久が振り返ると、氷結《ひょうけつ》を出している轟がいた。

「保須《ほす》のときといい、おまえの通信はわかりにくい」

そう言った直後、轟がハッとしてその場から飛《と》び退《の》く。すぐさまそこに矢が刺さった。

ヘリから轟を狙っていたベロスが、気配を感じて振り向きギョッとする。

「どこ見てんだぁ!?」

爆破《ばくは》を放ちながら現れた爆豪《ばくごう》が、ヘリめがけて徹甲弾《A・P・ショット》を撃《う》ちこんでいく。

その間に轟が、頭だけを残し氷結《ひょうけつ》させたシデロに近づく。

「た、助けてくれ、なんでもする……」

こちらから言うまでもなく助けを求めてきたシデロに轟が言う。

「なら訊きてえことに答えてもらう」

「わかった……」

しかしそのときシデロめがけて矢が撃ちこまれた。氷結《ひょうけつ》が砕《くだ》け、シデロは自身の鉄球の重さで急落下し崖下に激突する。

「裏切り者め……!!」

シデロを攻撃したのはベロスだった。ベロスは団体に雇《やと》われた傭兵《ようへい》だったが、フレクトの考えを信奉していた。なのでシデロの裏切りは許せるものではなかった。怒り狂った顔で、被弾して炎上しながら暴れるヘリの中から、轟たちを狙っている。

「くそっ！　爆豪、確保しろ！」

貴重な証人を救えなかったことに顔をしかめた轟が爆豪に叫ぶ。

「命令すんじゃねえ!!」

爆速《ばくそく》ターボでやってきた爆豪が、放たれる矢を避け、爆破《ばくは》しながらベロスへと向かう。ベロスは向かってくる爆豪を撃つべく矢を取ろうとするが、すでに射尽くしてしまっていた。

「せ、制御不能!!」

団員のパイロットの焦《あせ》った声を聞きながら、ベロスは無言で顔をしかめる。

「おとなしく捕《つか》まれや！　……？」

爆破《ばくは》で近づいた爆豪の顔が訝《いぶか》しげに歪《ゆが》む。

ベロスは〝個性〟の弓《ゆみ》を消し、そっと胸に手を当てていた。

「人類の救済を……！」

そう言って目を閉じ、静かに自《みずか》ら飛び降りた。浮き上がるマントがなびいて、まるで羽のように踊る。

そしてベロスは信念とともにその命を散らした。

突然のことに動けずにいる出久たちの前で、パイロットが寸前で脱出したヘリが崖に激突する。

あまりの騒ぎに、駅にいた警官隊があわただしく動きはじめた。

「…………」

出久は衝撃的な光景に息を呑んでいた。

自分の信じているもののために、命を捨てる。

彼女にとって、命より価値があるものだった信念が、彼女自身を殺したように見えた。

出久はハッと我に返り、倒れているロディにあわてて駆け寄った。

「ロディ、大丈夫⁉」

「あ、ああ、なんとか……」

ところどころかすり傷はあるが、ロディは無事だった。それを確認して安心した出久の前で、ロディが思い出したように言った。

「ケースは……!?」

その声に出久も周《まわ》りを見回す。

「緑谷《みどりや》、これだろ？」

ケースと自分のヒーローコスチュームの入ったバックを手に、轟が出久に近づく。

「ありがとう、轟くん。でもどうやって？」

「派手なドンパチのおかげで、列車からみつけられた」

轟は、そこで初めてロディに気づく。

「そいつが……電話で言ってた……」

「うん、僕と一緒に犯罪者にされた……ロディっていうんだ」

真剣に頷《うなず》く出久の横で、ロディも危機一髪のところを救《たす》けてもらった相手だと気づき、笑顔を浮かべた。

「さっきはありがとう」

「Ｐｉ～！」

ピノもロディの髪から出てきてお礼のように鳴いていると、勢いよく爆豪が着地してくる。

「んなことよりケースだ！　ヒューマライズがらみなんだろ⁉」

驚くロディの横で、爆豪がケースを指さす。

「え？　ヒューマライズがらみ？」

驚く出久に轟が言う。

「あぁ、だから俺たちはここに来た。有力な情報が手に入る可能性があると踏《ふ》んで……」

そう言いながら轟がケースを持ち上げる。

それを見た出久の目が、あっと見開かれる。そしてバッとケースをつかんで底を調べはじめた。

「どうした、緑谷？」

「これって……」

ケースの底のゴムの一つが取れかかっていた。

その中に、何か仕掛けのようなものが見えている。ゴムを外《はず》し、中から取り出したそれ

は手のひらサイズの立体パズルのようなものだった。

「ん～……なんだ、何がどうなって……」

岩陰《いわかげ》に隠れながら、四人はその立体パズルのようなものを開こうとしていた。厚さはおよそ二センチほどで、小さな物なら充分隠せるように見える。わざわざケースの底に忍ばせていたものだけに、重要な手がかりがあるかもしれない。

どうにか外れないかと動かそうとする出久だったが、どうにもならない。力技で壊してしまえば、中に隠されているかもしれないものまで壊してしまうかもしれず、そうなると慎重《しんちょう》にならざるをえない。

後ろから見ていた轟が手を出す。

「こうじゃないのか」

「それだと元に戻って……」

「難しいな」

「ん～、違うなあ……」

その様子をイライラしながら見ていた爆豪が叫ぶ。

「貸せ！　こんなの俺の爆破《ばくは》でブッ壊してやんよ！」

「あ～ダメだよ、かっちゃん！」

ケースを奪おうとする爆豪を出久が阻止している横で、立体パズルのようなものを難しい顔でじ～っと見ていたロディが小さくハッとした。

「デク、ちょっと貸してくれないか」

そう言ってしゃがみこんだロディが、立体パズルをスイスイと動かしていった。出久たちがその慣れた手つきに驚く。

「わかるのか……」

感心する轟に、ロディはパズルを動かしながら答える。

「似たようなパズルを、ガキの頃にやったことがある……」

手を出し損《そこ》ねた爆豪が苛立ちながらも静かに待つ近くで、集中しているロディの指先がパズルを器用《きよう》に動かし、カチッと合わさる。

パズルが解《と》かれた。

「よし、これで……」

ロディが立体パズルをパカッと開く。

中に入っていたのは何かの鍵のようなものとＳＤカードだった。

「なんだろう……?」

「こっちは情報チップか……」

鍵をしげしげと見る出久と、SDカードを手にしている轟。

「よし、麓《ふもと》に町があったはずだ。そこで調べてみよう」

小さなチップの中には、たくさんの情報が入っているはずだ。轟たちが立ち上がる横でロディは一人、なぜか自分だけが解くことのできた立体パズルを不思議そうに見ていた。

出久たちがクレイドの麓の町へと向かっていたその頃、ヒューマライズ本拠地の神殿では、フレクトが警察長官から報告を受けていた。

『目標が、隣国のクレイドへ……私の権限でこれ以上の捜索《そうさく》は……』

「かまわん」

その情報を聞いたフレクトは、無表情に続けた。

「クレイドならば、計画遂行中《すいこうちゅう》にここへ来ることもできまい。計画を実行に移す時はきた」

フレクトはスイッチに手をかけ、神殿に控えていた大勢の団員たちに掲《かか》げてみせた。

「人類の救済を！　人類の救済を！　人類の救済を！　人類の救済を！」

胸に手を当て、忠誠を誓《ちか》いながら団員たちは決意の声をあげ続ける。その声を聞きながら、フレクトが神妙に宣言する。

「人類の……救済を……！」

ようやく達成できる悲願の開幕に、フレクトがスイッチを押す。

地下にあるメインシステムが再び起動する。同時に神殿内のモニターが世界各地を映し出した。

始まりの合図に団員たちが歓喜に沸《わ》く。


「緊急事態！」

ヒーローチーム司令部のオペレーターが、コンソールを操作しながら叫んだ。

「ヒューマライズが、インターネットを通じて放送を始めました」

「表示しろ！」

メインモニターにヒューマライズのシンボルマークがでかでかと映し出され、それにフレクトの音声が流れる。

『我々、ヒューマライズは決起する』

その放送は全世界へと放送されていた。日本でも、渋谷《しぶや》の街頭モニターに流れているのを、通行人たちが足を止めて見上げる。

『〃個性〃という名の病《やまい》に冒《おか》された者たちから……』

そして、雄英《ゆうえい》高校の寮内でも、飯田《いいだ》天哉《てんや》たちが唖然《あぜん》としながらテレビを見ていた。

『〃無個性〃と呼ばれる《純粋なる人類》を守るために……』

フランスでも、お茶子《ちゃこ》たちが。

『我々が開発した《人類救済装置》は』

エジプトでも、上鳴《かみなり》や峰田《みねた》たちが固唾《かたず》を飲んで放送を見ている。

『世界二五か国に配置され、すでに動きはじめた』

「マジかよ……!!」

思わず頭を抱《かか》える峰田。

そして、日本のファットガムや切島《きりしま》たちも、当然それを真剣な顔で見ていた。

『人類救済までのタイムリミットは今から二時間』

「二時間やて⁉」

アメリカでもホークスや常闇《とこやみ》たちが見ている。

『だが、我々も無慈悲《むじひ》ではない。この計画を阻止したいと願うのなら』

シンガポールでも、八百万《やおよろず》たちが見ていた。

『《人類救済装置》を設置した地域をお教えしよう』

「どういうこと……？」

矛盾する言葉に八百万が戸惑いながらも考えをめぐらす。

『我々と異《こと》なる考え方をしていようとも、チャンスは平等にあるべきだ……』

そして、ヒーローチーム司令部内のモニターにも、爆弾がある箇所《かしょ》が表示された世界地図が映し出された。

「長官、トリガー・ボムの設置区域、全二五か所……」

オペレーターの声に、オールマイトは地図を確かめてそれに気づいた。

WORLD HEROES' MISSION

WORLD HEROES' MISSION

「すべてヒューマライズの支部がある区域と一致しています！」

「また罠《わな》の可能性が……」

危惧《きぐ》する副官が長官に進言する横で、同じことを考えていたオールマイトが決意を固めた表情で口を開いた。

「……たとえ、そうだとしても……」

救《たす》けを求める人がいる限り、動かないという選択肢《せんたくし》はない。

ヒーローの気持ちは、誰よりヒーローがわかっている。そんなオールマイトに長官も同意した。

「待機中のヒーローチームに出動要請を！」

長官が指示を出した直後、モニターに次々と緊急アラームが表示される。別のオペレーターが報告した。

「トリガー・ボムの全設置区域でパニック発生！」

「設置区域外にもパニックが波及《はきゅう》！」

「交通機関が次々とマヒしていきます！」

渋谷では早くどこかに逃げなければと、殺到《さっとう》した人々で駅のホームがあふれかえり、また、道路でも事故や渋滞《じゅうたい》が起こっていた。人々が乗り捨てられた車の間を縫《ぬ》うように逃《に》げ惑《まど》い、収拾《しゅうしゅう》がつかない。

「ヤベェ……！」

日本チームがいち早く駆けつけた。その惨状《さんじょう》に唖然とする切島。ファットガムが的確に指示を出す。

「サンイーターは怪我人の救出を、烈怒頼雄斗《レッドライオット》とリアルスティールは避難経路の確保や！」

「「了解！」」

三人はそれぞれバッと方々に駆けだしていく。

「キメラ・クラーケン！」

天喰《あまじき》は腕を蛸《たこ》化させ、動けなくなった怪我人をいっぺんに救《たす》け出《だ》す。

「いくぜぇ!!!」

「烈怒頑斗裂屠《レッドガントレット》!!」

鉄哲《てつてつ》と切島もそれぞれ体を硬《かた》くさせ、拳《こぶし》一つで車を殴《なぐ》り、ドンドンッとどかして避難経路を確保した。

「ここから避難を！」

「急いでください！」

切島と鉄哲が空《あ》けた場所から、人々が避難していく。

「セメントス！」

少し離れた高速道路の下で、セメントスと駆けつけたプレゼント・マイクがその場にしゃがみこむ。後ろからセメントスが「行きますよ、マイク！」と声をかけながら、地面に手をつき、〝個性〟を発動させた。

コンクリートがプレゼント・マイクを乗せたまま高速道路に向かって急速に盛り上がっていく。そのコンクリートの波に乗りながら、真剣な顔でプレゼント・マイクが大きく息を吸い、日本中に響きそうな声で叫んだ。

「OK！　エブリバディ‼　道ができたぜ！　ここから下へGO！　GO！」

逃げ場がなかった大渋滞の高速道路にセメントスが作ったコンクリートの道がつながる。

「大丈夫、あわてないで！」

セメントスは滑《すべ》り台《だい》を滑るように避難してくる人々に声をかけながら、後ろにあるひときわ高いビルの屋上を振り返る。

「頼みます、索敵《さくてき》班……‼」

　その屋上では、ギャングオルカが超音波《ちょうおんぱ》ソナーで周囲を探りながら、索敵チームのヒーローたちにハッパをかけた。

「必ずトリガー・ボムを探し出すぞ！　いいな!!」

「了解！」

　ギャングオルカの言葉に気合いを入れた耳郎《じろう》がイヤホンジャックでどんな小さな音も聞きもらすまいと、障子《しょうじ》が複製腕《ふくせいわん》の目でどんなものも見逃《みのが》すまいと集中する。


　フランスでもやはり大渋滞が起こっていた。

　人も通れないほど密集する車を、お茶子が〝個性〟で次々と浮遊させて、それを梅雨《つゆ》が舌で素早く移動させていく。二人の連携ですぐに避難路は確保された。

「こっちの避難誘導は任《まか》せてください！」

　お茶子の言葉にリューキュウは頷き、ねじれやチームメンバーに声をかける。

「私たちはトリガー・ボムの捜索を！」

「はい！」

　時間は刻々と過ぎていく。そのなかで全員が精いっぱい戦う覚悟を決めていた。

早朝のアメリカでも、迫るタイムリミットに備《そな》えホークスと常闇はすでに上空にいた。

「ツクヨミ、避難誘導はアメリカ側に任せて、俺たちは空からトリガー・ボムを捜索する！」

「了解！」

常闇はそう言って周辺を探るべく飛んでいく。ホークスはビルの上に降り立ち、「行け剛翼《ごうよく》！」とすべての羽を周囲に解き放つ。

「すみずみまで調べつくせ！」

飛び立つ羽が、朝日に照らされ散っていった。

「取蔭《とかげ》さん！　このセンサーを使ってトリガー・ボムを！」

シンガポールでは、八百万がトリガー・ボムを感知する小型センサーを次々と創造《そうぞう》していた。

「わかった！」と応えながら、取蔭が体を分離させ、その一つ一つに小型センサーを持ち周囲に散っていった。

「必ずみつけてみせる！」

「百《もも》ちゃん！　次の現場に向かうよ！」

　インターン先のヒーロー、マジェスティックが〝個性〟の魔《ま》法《ほう》で現れ、八百万を魔《ま》法《ほう》で浮かせる。

「はい！」

　八百万はそう応えながら、すでに体内で小型センサーの創造《そうぞう》に取りかかっていた。


　エジプトの都市部でもパニックが起こっており、巨大化したマウントレディが乗り捨てられた車を抱えるようにして大通りから排除していた。

「こんな広範囲の区画で爆弾みつかるのかよ⁉」

　捜索班の峰田が上鳴や瀬呂と走りながら思わず弱音を吐いたそのとき、後ろからペラペラした何かがスイスイとやってくる。エジプトヒーローのサラームだ。

「君たち！　君たち!!　君たーち!!!」

　あまりのペラペラさと、あまりの速さで、サラームが三人の間をすり抜け追い越す。そこでやっと三人はサラームに気がついた。

「「「サラーム⁉」」」

驚く三人にサラームはペラペラ振り向きながら鼓舞《こぶ》する。

「みつかるのではなく、みつけるのだよ！　我に続け！」

そして超スピードで車の間をペラペラとすり抜けていく。

「「速《はえ》え〜!!」」

「ペラペラなのは伊達《だて》じゃねえ!!」

そのペラペラなカッコよさに三人が感嘆《かんたん》の声をあげた。


ヒューマライズ本部があるオセオン国では、人々のパニックはすさまじかった。

ほかのヒーローが懸命《けんめい》に誘導している間に、エンデヴァーたちは必死にトリガー・ボムを捜索していた。

「クレア、トリガー・ボムは!?」

『この区域にはないわ、次の区域に移動する！』

クレアとの通信を切り、エンデヴァーはクレイド国に行った轟たちを危惧《きぐ》する。

（ショート……何をしている！　早く戻ってこい……！）

その頃、出久たちはクレイド国のホテルにいた。

ロビーにあるパソコンコーナーのパソコンにＳＤカードを差しこむ。すると膨大《ぼうだい》な数のファイルが表示された。

「うわっ、すごい数……どこから調べれば……」

困惑《こんわく》する出久を押しのけ、爆豪がサッと操作する。

「どけ！　タイムスタンプの最新……この動画ファイルだ」

みつけたファイルをクリックする。注目するみんなの前で、音声データがスタートした。

『……私の名は、アラン・ケイ。ヒューマライズに拉致《らち》された科学者の一人だ……』

「拉致……？」

予想外の言葉に、出久が驚く。アランを団員の一人だと思っていた轟と爆豪も思いがけない事実に目を見開いた。

アランの声が続く。

『ヒューマライズは、多くの科学者たちの家族を人質に取り、個性因子誘発爆弾《こせいいんしゆうはつばくだん》の製造を強要した……。それを使った最初の無差別テロは、優秀なヒーローたちをヒューマライズの支部がある場所に集めるための布石《ふせき》……。そのうえで、個性因子誘発爆弾を使い、そのヒーローたちを根絶《ねだ》やしにしようと考えている……』

一言も聞きもらすまいと集中していた出久たちが、その言葉に息を呑《の》む。

今、必死でトリガー・ボムを探しているヒーローは罠にかかった獲物。すべてフレクトの手のひらの上だったということだ。

『トップヒーローたちを失った社会は崩壊《ほうかい》……その混乱に乗じて〝個性〟能力者を絶滅させ、〝無個性〟者のみの世界にする。それが、ヒューマライズの……フレクト・ターンの真の目的だ……』

アランの切実な声が続く。

『私のこの声が、ヒーローに届くことを望む。そして、私と同じく拉致されたエディ・ソウルが命にかえて作ってくれた爆弾の解除キーで……どうか世界を救ってほしい……』

そこで音声が途切れた。出久が信じられない目で、解除キーを手に取る。

あまり非現実的で、無謀な計画。個性社会を根本から崩し、リセットしようとしているなんて。

ロディとピノも、静かに解除キーをみつめていた。ピノの目が潤《うる》み一筋の涙が流れたが、それに気づく者はいなかった。

そのとき突如、女性の悲鳴があがった。

ハッと振り向く出久たちの前をあわてた様子で逃げていく人々。

原因はテレビに映っている緊急ニュースだった。

『繰《く》り返《かえ》しお伝えします、人類救済を標榜《ひょうぼう》する団体、ヒューマライズが世界各地に爆弾を設置、二時間後……リアルタイムで一時間五二分後、爆発するという犯行予告を出しました』

驚き画面をみつめる出久たち。

信じがたかった情報が事実だと肌で感じ、焦りが全身を駆け巡る。

時間がないこのときに、事実を知っているのは自分たちだけなのだ。

『ヒューマライズが公表した爆弾設置区域はパニックが発生しており、ヒーローたちが避

難誘導及び爆弾回収作業にあたっております。爆弾の該当地域《がいとう》は次のとおりです』

きり替わった画面が、該当地域を表示した世界地図になる。それを見たロディが愕然《がくぜん》とした。

「ウソだろ……オセオンの被害地域……俺ん家《ち》も入ってやがる……！」

「そんな……！」

ロディの顔が焦りに歪む。今頃、ロロとララが二人きりでどんなに怯《おび》えているだろうかと居ても立ってもいられない。

「統括《とうかつ》本部にこの情報を送って、ヒーローチームの撤収を――」

早くなんとかしなければとパソコンを操作する轟に、わずかに悔《くや》しそうに眉《まゆ》を寄せ爆豪が言った。

「するわけねーだろ」

爆豪に同意するように出久も頷く。

「ヒーローはトリガー・ボムを探し続ける。たとえ、爆弾の標的が自分たちだったとしても……罠だとわかっていても……救いを求めている人たちがいる限り……その人たちを置いて逃げるなんてこと、ヒーローなら絶対にしない……。そこまで考えての作戦なんだ」

出久は湧《わ》き上《あ》がってくる怒りに、拳を握《にぎ》る。

ヒーローたちは、常に命がけで命を救うために動いている。

それは、いくら対価がかかろうと生半可《なまはんか》な覚悟でできるものではない。

命の代わりはどこにもないのだ。

自分の理想を現実にするために、そんな誰かを救いたいという想いを利用するなんて。

同じヒーローだからこそ、出久たちは痛いほど悔しかった。

「……だったらその解除キーで、トリガー・ボムを止めるまでだ」

轟は決意したように出久を見た。ハッとする出久と爆豪。出久は改めて解除キーを見た。

「でも、どうやって……」

この鍵が爆弾を解除できる重要なものだと判明したのはいいが、肝心《かんじん》の使い方がわからないと考えこむ出久。

考えていた爆豪がパッと顔を上げて、パソコンの前にいた轟を「どけ！」と押しのける。

そして、すさまじい勢いでパソコンを操作しはじめた。

「答えはコン中にあるに決まってんだろーが！　鍵を作っておいて、ドアの位置を報《しら》せないアホがいるか！」

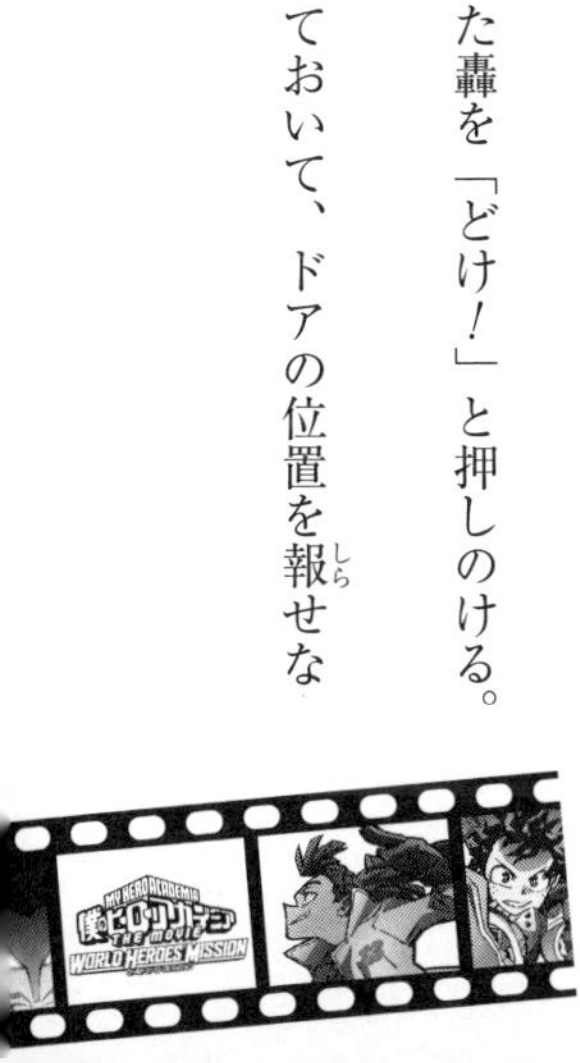

そして今、テレビ画面に映っているのと同じような該当地区を表示した地図を出す。そして、それを見比《みくら》べた。

「犯行声明にないポイント……」

すると、一か所だけテレビ画面の地図にないポイントがあった。

オセオン国にある山脈地帯。そこをクリックすると、その地域が拡大されていく。

「ここがクソどもの本拠地！」

目的地がわかり、意気ごむ出久の横で、三人よりオセオン国の地理を肌感覚で知っているロディが顔をしかめた。あまりに遠すぎる。

「かっちゃん、トリガー・ボムの制御システムは？」

「やっとるわ、クソナード！」

爆豪がヒューマライズの本拠地らしき建物の構造データを出す。示されていたのは、その最下層だった。

「一番奥の地下……」

「場所はわかったが、ここから直線距離で四〇〇キロ以上ある……」

轟の言葉に出久たちが考えこんだとき、隣のパソコンを操作していたロディが言った。

「間に合う」

振り向いた三人が見たのは、ロディが指さしているモニター。そこに表示されていたのはこの街の地図だった。

「俺に考えがある」

そう三人に言うロディの顔には、固い決意が表れていた。

ロディがみつけたのはホテルから少し離れた飛行場だった。そこから中型のプロペラ機を無断で借り、ヒューマライズの本拠地に向かっていた。

運転しているのは緊張気味《ぎみ》のロディだ。

「ＰｉＰｉＰｉ？」

「大丈夫、操縦の基礎はわかってる。ビビってる場合じゃねえ……！」

そばで落ち着かない様子で鳴くピノに、ロディが自分にも言い聞かせるように応える。

ロディは幼い頃、パイロットになりたいと言った自分に父親が買ってくれた飛行機操縦の本を暗記するほど読み返していた。

そんな後ろで、出久たちがヒーローコスチュームに着替えていた。気が引《ひ》き締《し》まるヒーローの正装だ。
（必ずトリガー・ボムを止める）
（イカれたクソどもをブッ潰《つぶ》す！）
（絶対に守るんだ、ヒーローたちを……世界を！）
轟も爆豪も、そして出久も気合いを入れた。
世界の命運が自分たちの手にかかっている。

Part《パート》.5 “個性《こせい》”と“無個性《むこせい》”

VILLAIN CATALOG

エナ&ディオ

「オセオン派遣チームのヒーロー、ショートからデータが送られてきました。トリガー・ボムの解除キーを入手したとのこと!!」

ヒーローチームの司令部で、オペレーターから轟《とどろき》のメールの報告を聞いた長官たちが驚く。

「現在地は?」

「トリガー・ボムのメインシステムがあるヒューマライズの隠し施設へ向かっているようです!」

オールマイトがモニターの轟からの情報とともに映《うつ》し出《だ》されているタイムリミットに視線を移す。

残り時間は一時間三三分。

(轟少年……爆豪《ばくごう》少年……緑谷《みどりや》少年……!)

そして、その情報はすぐさまそれぞれのヒーローチームへと伝達された。

「ショートが、トリガー・ボムの解除に向かっただと⁉」

その情報に、エンデヴァーが驚愕《きょうがく》する。近くを飛んでいたバーニンが言った。

「すぐ応援に……！」

「いや、避難誘導と爆弾排除が最優先だ！」

思いがけない報告に一瞬驚いたエンデヴァーだったが、即座に厳守するべき優先順位を決めた。

心配する心を奥底にしまい、捜索《そうさく》を続けるエンデヴァーに透視《とうし》を続けていたクレアから通信が入る。

『エンデヴァー‼』

「どうした⁉」

『トリガー・ボムを発見！』

「場所は⁉」

『オセオン・タワーのノースゲート前に停《と》まっている大型トレーラーの中です！』

オセオン・タワーは、ここから少し離れたオセオン国の観光名所の一つだ。

エンデヴァーがすぐさま通信で「タワー付近のヒーロー、回収に向かうぞ！」と声をかけ、足下から炎を吹き出しタワーに向かおうとする。

『キャアッ!!』

「クレア!?」

イヤホン越しに突然聞こえてきたクレアの悲鳴に、エンデヴァーが何ごとかと問いかけた瞬間、エネルギー状のロープが巻きついてくる。エンデヴァーだけでなく、バーニンも持ち上げられた。

「……！　これは……!?」

渋谷《しぶや》で捜索中の耳郎《じろう》の耳が、ほかのヒーローたちの会話をキャッチした。

「障子《しょうじ》！　緑谷たちが爆弾の解除に向かってるって！」

驚き、思わず振り返る耳郎に、障子が索敵《さくてき》を続けながら言う。

「気を抜くな、耳郎！　今やるべきことは与えられた任務をこなすことだ」

「う、うん！」

障子の言葉に、耳郎も再び集中する。

そのとき捜索を続けていたギャングオルカのソナーに反応があった。通信機でチーム全員に向けて叫ぶ。

「トリガー・ボム発見!!　あの貨物列車の前から三番目。コンテナの中だ!」

前方の走る貨物列車。その近くにいたファットガムと天喰《あまじき》が列車の上へと飛び移る。

すぐさま目的のコンテナへと走るが、その前に飛びこんできたヒューマライズの団員が三人立ちはだかった。そのうちの一人の腕が〝個性〟で大きなドリルへと変化する。

「敵《ヴィラン》⁉　なんで……⁉」

警戒する天喰の後ろにも、次々と団員たちが飛びこんできた。

なるべく多くのトップヒーローを爆弾に引きつけ、爆発させるのが目的の護衛だった。

「チッ、護衛がおんのかい!」

ファットガムは時間が惜しそうに叫びながら敵《ヴィラン》に向かって駆けだした。


その頃、フランスチームもすでにトリガー・ボムを発見していた。

だが、ほかの地域と同じく護衛についていた団員たちと交戦状態になっている。

「ウラビティ!　フロッピー!　トリガー・ボムを安全な場所に!!」

巨大な竜《ドラゴン》へと変化したリューキュウが巨大なサーベルタイガーの敵《ヴイラン》を攻撃しながら、お茶子《ちゃこ》と梅雨《つゆ》に爆弾を託《たく》す。

「はい！」

「ケロ！」

お茶子たちは爆弾が積まれているとわかった大型トレーラーへと駆けだす。

（デクくんたちが、爆弾を止めてくれるって信じる。でも今は、私たちにできることを!!）

お茶子の心には出久《いずく》たちへの信頼と、ヒーローとしての矜持《きょうじ》があった。

しかし、その目の前にトレーラーの天井を破って三人の敵《ヴイラン》が現れる。お茶子は一瞬も怯《ひる》まず、まっすぐ敵に向かっていく。

「どけえぇぇっっ!!」


ヒーローチーム司令部には、各地の状況が続々と入ってきていた。

「各チーム、トリガー・ボムを発見していますが、ヒューマライズの抵抗を受けて回収できません！」

モニターには各地で苦戦しているヒーローチームが映し出されていた。

オセオン国のエンデヴァーも攻撃をしているが、四方八方から多数の敵《ヴィラン》に狙《ねら》われトリガー・ボムの回収へ向かえずにいる。

「リミットまで三〇分を切りました!!」

それを固唾《かたず》を飲んで見守っていたオールマイトが左脇腹《わきばら》の古傷を押さえる。

実践的な力になれないことが、一緒に戦えないことが歯がゆくてしかたなかった。

（ヒーローたちも必死に闘っている……頼むぞ……！）

それでも、ヒーローたちの力を信じて託す。

そして、世界の命運を握《にぎ》る出久たちに希望を。

（未来のヒーローたちよ！）

降りだした雨のなか、プロペラ機はヒューマライズの本拠地付近まで来ていた。轟の携帯に表示されている施設の位置を確認しながらロディが叫ぶ。
「近いぞ！」

岩肌《いわはだ》を抜けると、遠くに本拠地らしき建物が見えてきた。

大きな柱に支《ささ》えられた荘厳《そうごん》な屋根があり、その奥が入り口になっている。重要な施設はすべて、地下に隠されているようだった。


出久たちが近づいてきていることはヒューマライズ側にもキャッチされていた。神殿のモニターに、小型プロペラ機が映し出されている。

招かれざる客の登場に団員たちがざわめくなか、フレクトが背後に控えていた団員の敵《ヴイラン》に告げる。

「重病者どもを粛正《しゅくせい》せよ」


「あそこが本拠地……！　着陸するからつかまってろ」

そう言って振り向いたロディに、ヒーロースーツに着替え終えた出久が言う。

「ロディはこのまま引き返して！」

「なんでだよ⁉」

ハッチを開ける出久に、ロディは思わず抗議の声をあげた。

父親のこともあるし、それにここまで自分だってそれなりに役に立ってきたはずだ。またできることがあるかもしれない。

「パンピーはおとなしくしてろ」

「ここから先は……」

「「ヒーローの仕事だ！」」

爆豪と轟に続き、出久がバッとプロペラ機からダイブする。眼下《がんか》にある施設から、出久たちに気づいた団員たちがライフルで撃ってきた。

無数の銃弾を出久がエアフォースで避《よ》ける。轟も炎で、爆豪も爆破《ばくは》で攻撃を避けつつ、降下していく。

「ザコどもは引っこんでろ！」

爆豪が降下しながら団員たちに向けてマシンガンのように爆破《ばくは》を撃ちこむ。蹴散《けち》らしながら着地し、すぐさま爆破《ばくは》を続け隙《すき》を与えない。

だがそのとき大きな砲弾が爆豪めがけて撃ちこまれた。腕が大砲《たいほう》になっている敵《ヴイラン》が攻撃してきたのだ。

（団員の中にも〝個性〟持ちが……！）

驚く出久と轟にも大砲が撃ちこまれる。

(傭兵《ようへい》だけじゃねーのか……！)

着地した轟が大砲　敵《ヴィラン》に炎を向ける。

「うおおお！」

炎にまかれ苦しむ大砲　敵《ヴィラン》。

だが〝個性〟持ちの敵《ヴィラン》はそれだけではなかった。爆豪に向けて大きく息を吸いこんだ敵《ヴィラン》が口から超音波《ちょうおんぱ》で襲う。

「っ！　音波か……!!」

たまらず耳を両手で塞《ふさ》いだ爆豪を銃弾が狙う。それを防いだのは出久だった。飛び降りながら超音波　敵《ヴィラン》とマシンガンを撃つ団員をエアフォースで吹き飛ばす。

「かっちゃん！」

「わーってらぁ!!」

爆豪が強烈な爆破《ばくは》を撃ちこみながら前進し建物に近づく。

その間に轟は氷結《ひょうけつ》を出しながら建物前の屋根の中へ。

しかし大勢の団員たちがいて、マシンガンで抵抗していた。その中にも〝個性〟持ちの敵《ヴィラン》がいて、やっかいな攻撃を仕掛けてくる。轟はそれらを細かな氷結《ひょうけつ》で氷柱を乱れ打ちし、なぎ払った。

出久も内部に飛びこんで、空中から衝撃波《しょうげきは》で団員を吹き飛ばす。

「緑谷！」

着地寸前の出久のもとに轟が氷結《ひょうけつ》で駆けつけ、氷の上に乗せる。

出久は轟に腰を支えられながら、両手を前に出し、建物の入り口でライフルを撃ちこんでくる団員たちを両手からのエアフォースで吹き飛ばしていく。

「爆豪、ここは任《まか》せた!!」

轟は爆豪に叫び、出久とともに氷結《ひょうけつ》でそのまま建物内へと突入していく。

「行かせるな！」

「指図《さしず》すんじゃねえ!!」

轟に叫び返しながら、爆豪は轟たちを後ろから攻撃する団員たちに特大の爆破《ばくは》を放った。

「この突き当たりを右だよ！」

「よし！」

本拠地に入った出久と轟は、襲いかかってくる団員たちを蹴散らしながら、頭のなかの地図を頼りに建物内を進んでいた。けれど団員たちはあとからあとから湧《わ》いてきて、マシンガンを撃ちこんでくる。一刻《いっこく》も惜《お》しい出久たちは、勢いを増した氷結《ひょうけつ》で進んでいく。

「へっ、ザコばっかかよ！」

団員たちを爆破《ばくは》で蹴散らしながら爆豪が叫ぶ。

だがそのとき、細かな刃《やいば》が蛇《へび》のように連《つら》なった、鞭《むち》のようにしなる二本の剣《けん》が爆豪に襲いかかった。

すんでで爆破《ばくは》で避けた爆豪が見たのは、その剣を自在に自分の腕に戻す敵《ヴイラン》。腕そのものが変化する刀になっている。

ほかの団員たちとは違う空気に、少しは手応《てごた》えのある相手かと挑発するように言った。

「なんでクソ敵《ヴイラン》がヒューマライズに加担《かたん》してんだ、あ？」

敵《ヴイラン》が蛇のように裂《さ》けた口を開く。

「我々はヒューマライズに選ばれし者……」

妙な一人称に爆豪が引っかかったとき、敵《ヴイラン》の後ろからそっくりのもう一人が現れる。双《ふた》

WORLD HEROES' MISSION

子《ご》の敵《ヴイラン》、エナ&ディオだった。

「彼らに協力し、我々は新たな世界を生きる……」

「チッ、自分だけ助かろうって腹か？　さもしいんだよ、このクソ敵《ヴイラン》が！」

爆豪は爆速《ばくそく》ターボで一気に距離をつめ、「死ねぇぇ！」と爆破《ばくは》をマシンガンのようにお見舞いした。

しかしエナ&ディオは素早く左右に分かれ、不気味《ぶきみ》な笑《え》みを浮かべながら華麗にそれを避けた。

（速《はえ》え！）

爆豪はその素速さに眉《まゆ》をひそめながら、間髪《かんはつ》入れず攻撃を繰《く》り出《だ》す。しかし爆破《ばくは》の炎を蛇のような剣が切り裂き、さらに暴れながら爆豪を襲った。とっさに腕の籠手《こて》で受け止めた爆豪だったが、別方向からもう一人の剣が襲いかかってくる。目を見開く爆豪。

「ぐあぁぁぁ～!!」

太股《ふともも》と肩を切り裂かれ、爆豪が思わず叫ぶ。

「キャハハハハハ!!」

爆豪の様子《ようす》に弟のディオが高笑いをする。爆豪の顔が痛みに歪《ゆが》んだ。

その頃、ロディは本拠地から少し離れた場所に、木々をなぎ倒しながらもなんとかプロペラ機を着地させていた。

「あいつら、勝手しやがって……！」

すぐさまドアから出て、三人がいるであろう本拠地に向かおうとする。

いつからか仲間意識が芽生《めば》えていたのに、線引きされて悔《くや》しかったのだ。確かに自分はヒーローじゃないけれど、それでもできることはあるはずだ。

それに、ロディにはロディの本拠地に行かなくてはならない理由がある。

だが、その前に人影が立ちはだかった。

「ロディ・ソウルくん、だね……？」

「⁉」

本拠地に向かおうとしたロディの前に、いつのまにか数人の男がやってきていた。

本拠地に入った出久と轟は、襲いかかってくる団員たちを蹴散らしながら建物内を進んでいた。

だが、前方の壁の一部がわずかに浮き上がる。そこから出久たちに向けてレーザーが発射された。氷結《ひょうけつ》が粉砕《ふんさい》され、二人は落下する。

「ぐっ！」

転《ころ》がる出久が顔を上げると、轟がレーザー機器に向かって指先から炎を放っていた。灼《しゃく》熱《ねつ》の炎でレーザー機器を焼き切り、爆発させる。

「轟くん⁉」

出久の声に轟が言った。

「先に行け！　時間がねえ！」

通路の向こうからローブとマスク姿の団員たちが襲ってくる。

轟の決意を感じた出久はその場を託して、フルカウルをまとい駆《か》けだした。

その遠ざかる足音を聞きながら轟は身構《みがま》え、現れた大勢の団員たちに向き合い、霜《しも》が覆《おお》うほど半身の温度を急激に下げていく。その冷気は周囲を瞬《またた》く間に浸食した。

「一気に決める」

周囲が凍結《とうけつ》していくなかで、もう片方の腕から圧縮した炎の球を形成していく。

「膨冷熱波《ぼうれいねつぱ》！」

そして放たれた高温の炎。急激な温度変化で膨張《ぼうちょう》した空気がとてつもない暴発を巻き起こした。

だが、多くの団員たちが吹っ飛ばされるなか、一人の常軌《じょうき》を逸《いっ》した敵《ヴィラン》、レヴィアタンが轟に向かってくる。

「ＧＲＵＵＵＡＡ！」

「！」

轟がレヴィアタンに向かって炎を放つ。だがレヴィアタンは炎など目に入っていないかのように飛びこみ、そのまま轟に襲いかかってきた。

（炎が効《き》かねえ⁉）

氷結《ひょうけつ》で後ろに避けながら轟が驚く。ならばと氷壁《ひょうへき》でガードした。しかし、それはすぐに触手《しょくしゅ》に破壊されてしまう。

（自我《じが》がねえ……トリガーをキメてんのか）

もはや人の言葉も発せないレヴィアタンに、轟が顔を歪める。

化け物じみたレヴィアタンの何本もの触手《しょくしゅ》が、ドリルのように回転しながら轟に迫った。必死で避け続けるが、死角からの打撃に轟が宙に舞う。

「⁉」

目を開けた轟が見たのは、目の前に迫るレヴィアタン。

抵抗する間もなく鷲《わし》づかみにされ、そのまま通路に叩《たた》きつけられる。その衝撃で床《ゆか》が放射状に崩《くず》れて穴が空《あ》き、レヴィアタンが落下した。その下深くには豊富な地下水脈が流れている。

轟は落ちる寸前、崩れかけた床にしがみついていた。

「くっ……！」

早く出久のあとを追いかけようと登りはじめた轟のはるか下の川から、不自然な波が湧き上がった。瞬《また》く間に水流が生き物のように轟めがけて上昇し、あっというまに飲みこんだ。

川の水は激しくうねり、轟を翻弄《ほんろう》する。水流を操《あやつ》っていたのはレヴィアタンだった。まるで水流とつながっているように自在に動かしている。

（くっ……！　〝個性〟を回転させて水流を操っているのか……！）

苦しげに顔を歪める轟に、レヴィアタンが迫った。

出久が阻《はば》もうとする団員たちを蹴散らしながら奥へとつき進んでいる頃、施設の外では、爆豪がエナ&ディオ相手に応戦していた。すでに〝無個性〟の団員たちは全員倒している。

爆豪が柱で剣を防ぎながら、圧縮した特大の爆破《ばくは》を放つ。しかしそれをエナ&ディオの乱舞する剣が切り裂いた。

(クソッ……!　爆発そのものも切っちまいやがる……!!)

攻撃を避けながら、爆豪がジリジリと焦《あせ》る。

その顔を見た兄のエナがさもおかしそうに舌なめずりし、ニタリと笑った。プライドの高い爆豪の顔が怒りに染まる。

「余裕……ぶっこいてんじゃねえぞ!!」

激高《げっこう》しながらも、右手が冷静に腰の手榴弾《しゅりゅうだん》を確かめるように触れる。

左手の爆破《ばくは》で飛び出してくる爆豪に弟のディオが剣をしならせ一気に上昇した。爆豪はそのまま上へと追いかけ、空中へ。縦横無尽《じゅうおうむじん》な爆破《ばくは》と剣の乱打。

(ゼロ距離で!!)

爆発を切られないほどの接近戦。けれど、激しく動くなかで目の上の傷から血が流れ、視界が狭《せば》められる。

「キャハハハハハ!!」

弟と正面で向かい合った瞬間、爆豪を貫《つらぬ》いたのは下から伸びた兄のエナの剣だった。素早く抜かれた箇所から血が噴《ふ》き出《だ》す。

「ぐううっ！」

「残念♪」

ニヤリといやな笑いを浮かべているエナに爆豪が、爆速《ばくそく》ターボで一気に下降しながら徹甲弾《A・P・ショット》を放つ。

「チョコマカウゼーんだよ!!」

攻撃を剣で切り裂いたエナの背後に、散りはじめる煙の向こうから爆豪が迫る。ハッとするエナが避けた直後、空中からディオの剣が爆豪に向けられる。とっさに飛《と》び退《の》く爆豪。

爆破《ばくは》を柱で避けながら移動するエナ＆ディオを爆豪は追う。

柱の周《まわ》りを回りながら、爆破《ばくは》を放つ無防備な背中を打《う》ち据《す》えるように、二本の剣が皮膚を削《けず》っていく。

「ぐあああ!!」

「「キャハハハハハ!!」」

致命傷をあたえたと笑うエナ&ディオを爆豪がギロリと振り返る。

「その笑い声……耳障《ざわ》りなんだよぉ!!」

叫びながら、たっぷりとニトロのような汗を溜《た》めこんだ籠手《こて》をエナ&ディオの後ろの柱に向け、トリガーのピンを引き抜く。

最大火力の爆破《ばくは》が柱へ。上部の爆発でヒビが走り、次々と爆発が連鎖していく。柱に埋めこまれているのは、戦闘中に爆豪が仕かけていた手榴弾だった。

大量の瓦礫《がれき》がエナ&ディオに降り注ぐ。逃げ出す間もないほどあっというまに瓦礫の山に埋められていった。

着地した爆豪が片膝《ひざ》をつき、肩で息をしながらハッと不敵に笑う。

「ザコにはわかんねえよなぁ……戦いながら手榴弾仕こんでたなんてよぉ……」

流血しながら爆豪は立ち上がって瓦礫の山を見た。その中で何が行われているかも知らず。

突如《とつじょ》、瓦礫の一部から土煙が上がった。ハッとする爆豪の前で、うねる剣が飛び出し、

エナ&ディオが瓦礫をはね除《の》け現れた。

二人の体が不自然に波打ったかと思うや否《いな》や、体からまるで噴き上がるようにそれぞれ六本の剣が生えだした。

「「カカカカカ～」」

声も顔もさっきとは不気味に変化している。その異様な変化に爆豪はトリガー・ボムを使ったのだとわかった。

「ホンモンのイカレになりやがったか……！」

爆豪は心底軽蔑《けいべつ》するようにエナ&ディオを睨《にら》み、怪我《けが》も厭《いと》わず一気に距離をつめた。

轟と別れ、出久は一人洞窟のなかを進んでいた。
（早く……！　早く……！）
一刻も早くトリガー・ボムを解除しなければならない。地図上では、もう少しで制御システムにたどり着くはずだ。そして地図どおりに、その場所らしき扉が見えてきた。

だが、扉の前にはたくさんの団員が待ちかまえていて、攻撃をしかけてくる。出久はそれらを避けながらも、さらにスピードを上げていく。

「邪魔をするなぁぁぁっっ！」

渾身《こんしん》の蹴りで、団員たちとともに扉を吹っ飛ばす。そしてそのまま中へ。

（ここが一番奥の部屋……）

そこはまるで神殿だった。見回すと、奥に扉を発見する。

（なら、あの扉の先にトリガー・ボムの制御システムが）

頭の地図を反芻《はんすう》しながら出久が駆けだした瞬間、柱からレーザー機器がせり出し、出久にレーザーを放つ。とっさに飛び退く出久。

神殿の壇上に現れたのはフレクトだった。

「失《う》せよ……。おまえのような重病者が、立ち入っていい場所ではない」

（団体指導者、フレクト・ターン……！）

身構える出久にフレクトは蔑《さげす》みの視線を送りながら続ける。

「ここは人類を救済する神聖なる場所だ」

フレクトの声の響く神殿の本棚に、頑丈《がんじょう》そうなシャッターが下りる。一瞬、気を取られ

た出久だったが、壇上のフレクトを睨《にら》み、叫んだ。

「なにが人類の救済だ、《個性終末論》は科学的に実証されていない！　ただの俗説じゃないか！　そんなあやふやな主張を鵜呑《うの》みにして、なぜこんな恐ろしいことをする⁉」

「純粋なる人々は〝個性〟という病魔、その脅威にさらされている。それは時とともに混ざり、深化し、コントロールを失って人類を滅亡させる」

壇上から降りてくるフレクトの身勝手な反論に、出久は「そんなことはない！」と叫んだ。

「〝個性〟も〝無個性〟も病気でもなんでもない！　みんな生きてる。同じ人間だ！」

〝個性〟も〝無個性〟も、誰も選べない。

オールマイトから〝個性〟を譲渡されるまで、出久は〝無個性〟だった。

オールマイトも譲渡されるまで〝無個性〟だった。

I・アイランドで共に闘ったメリッサも〝無個性〟だった。

エリは自分の〝個性〟で家族を失った。

通形《とおがた》ミリオは敵《ヴイラン》によって〝個性〟を失った。

サー・ナイトアイは死ぬまえ、自分の〝個性〟でミリオの未来を視《み》て希望を託《たく》した。

自分で選べないのが宿命で、選ぶのが運命だ。

たとえ、どんなスタートラインに立ったとしても、どこに行くかはいつだって選択を与えられている。

それは、誰にも制限できない。されていいはずがない。

自分の幸せは、ほかの誰でもなく自分だけが決められる。

出久の言葉を無表情で聞いていたフレクトの顔が、哀《あわ》れみ、あきれたように歪む。

「……重病者は度《ど》し難《がた》い。やはり私がやらねばならぬ」

「絶対にトリガー・ボムは止める！」

出久が心からの叫びをぶつけながら身構えもしないフレクトに向かって攻撃する。

「スマッシュ！」

だが次の瞬間、蹴りを浴びせたはずの出久に異変が起こった。

蹴りはわずかに届いていない。

刹那《せつな》もないような空白のあと、はね返ってきたような衝撃が出久を襲う。強烈な振動と痛みを伴い、蹴りを繰り出した足が波打ち、捩《ねじ》れる。

「ぐぅぅぅうがあああ!!」

吹っ飛ばされた出久がシャッターに衝突した。

フレクトは指一本動かしていない。

(は、弾《はじ》かれた……違う、この衝撃と威力……まるでスマッシュを、受けたような……)

痛みをこらえ立ち上がった出久は混乱しながらも、ひとつの可能性にたどり着く。

その表情に、その思考を察知したようにフレクトの目が憎々《にくにく》しげに細められる。

「……そうだ。私は、生まれながらに病《やまい》を患《わずら》っている」

フレクトの全身に装着されている装置が起動する。

背後から全身を覆《おお》うように油膜《ゆまく》が張る反射鏡のようなものが次々と展開し、足が地面に反発するようにふわりと浮き上がる。

「決して消えることがない、すべてを反射《はんしゃ》してしまう、病を……」

フレクトの言葉に、出久は確信する。

(やっぱり体に受けた衝撃を反射《はんしゃ》する〝個性〟……しかも、常時発動型……)

フレクトには直接攻撃が当らず、その攻撃の衝撃がすべて相手に返ってしまう。

それだけでは分析するための情報が足りない。ならば少しでも情報を集めなければと出久は身構えながら視線だけで周囲を確認し、ダッと横に駆けだした。

「自分も〝個性〟持ちなのに、なぜ〝個性〟を信じられないんだ⁉」

出久はそう言いながら、指を弾いて連続でエアフォースを放つ。

その威力がフレクトに到達した瞬間に、反射鏡のようなものが角度を変え、的確に出久めがけて威力が反射してくる。「ぐあっ！」とフッ飛ばされた出久がシャッターにめりこむほどに激突した。

（遠距離攻撃まで……‼）

自分の攻撃の威力を身をもって感じながら分析している出久に、憮然《ぶぜん》としながらフレクトが言う。

「信じる、だと？」

出久が痛みにこらえながらフレクトを見る。

フレクトは、自分の手を憎しみの目で眺《なが》めていた。

「愚《おろ》かな。この病のせいで、私は両親から一度も抱きしめられたことがない。心通わせた友人も、想いを寄せた人も、心すら反射《はんしゃ》させ私の元から離れていった……」

誰にも触れられず、誰からも触れられない。

体温も、感触も、想像さえできない。

〝個性〟という呪《のろ》い。死ぬまで自分にまとわりつく永遠の孤独。

自分の〝個性〟を極限まで嫌悪《けんお》したフレクトは、〝無個性〟に死ぬほど焦《こ》がれた。

焦がれて焦がれて、愛した。自分が愛されたかったように。

そして、独《ひと》りよがりの愛に世界を巻きこんだ。

「すべてを反射《はんしゃ》する私は、自《みずか》ら死を選ぶこともできない。コントロールできない〝個性〟は苦しみを生むだけ……。そして、人類は体も心も深化する〝個性〟に押しつぶされる……！」

さらに浮き上がるフレクトが出久に向かう。出久もダッと正面へ駆けだした。

（インパクトの瞬間だけ〝個性〟を使わずに！）

フルカウルを解除し、素手《すで》でフレクトに殴《なぐ》りかかる。だが、その衝撃を反射鏡のようなものが吸収し、フレクトの拳《こぶし》へと。

（それでも、反射される！）

フレクトの拳が出久の腹部へめりこむ。重なる反射《はんしゃ》のすさまじい衝撃に吹っ飛ばされ床に叩きつけられた。

「ぐっうう……」

（す……すべての衝撃を一点に集中して……!!　なら！）

相手が強ければ強いほどフレクトは無敵になる。非常に厄介《やっかい》な、難しい敵だった。

出久は地下につながるシステムがある扉へと全速力で向かう。

（スピードで振りきって、システムへ！）

しかし、フレクトは指一本動かさず出久を排除にかかる。

「私は私を否定する」

フレクトは装置のスイッチを脳波で起動させた。

その直後、周囲の壁から次々とレーザー砲がせり出し、出久めがけて発射される。

「〝個性〟という病を、この世から消し去る」

虫けらを見るようなフレクトの前で、出久がレーザーを避けながら扉に向かう。

ピョンピョンと避け続ける出久に、フレクトが装着している装置から反射鏡のようなものが外《はず》れて浮遊し、空中にピタリと並んだ。

フレクトがその前で、両手を広げる。

「そして、純粋なる人類を滅亡から救うのだ……！」

レーザー砲が反射鏡に向かって放たれる。

反射したレーザーが乱舞し、避けきれない出久の体を無残に貫いた。

「がっ!!」

頭から落下し、力なく倒れこむ出久からあふれ出す血が床に広がっていく。

「哀れな……」

フレクトはそう呟《つぶや》きながら、反射鏡のようなものを自らの装置に戻し、手を掲げすべてのモニターを起動する。

「あと五分……」

トリガー・ボムが起動するまでの時間を示すモニターを見て、フレクトは愉悦《ゆえつ》の笑みを浮かべた。

「ついに人類の救済……その第一歩が始まる……。数多《あまた》のヒーローたちの死によって……」

しかしそのとき、声が響いた。

「させ…ない……」

出久は必死に立ち上がりながら、フルカウルで身構える。

「トリガー・ボムは……絶対に止める……!」

血だらけでボロボロになりながらも、その目は死んでいない。フレクトはそんな出久を冷たく見据《みす》えた。

「――ならば、仲間とともに殺してやろう」

ほかのモニターに映っているのは、世界各地で戦っているヒーローたち。

フランスでお茶子と梅雨が、エジプトで上鳴と瀬呂と峰田が、日本で切島と耳郎と障子が、シンガポールで八百万が、団員たちと抗戦している。

その姿に出久はレーザーに襲われながら、心の中で思わずみんなの名前を叫ぶ。叫ばずにはいられなかった。

出久はまだダメージの抜けない体を必死に起こそうとする。

（……みんな、必死に戦ってる……！）

そして出久は、近くで一緒に戦っているだろう二人のことを想った。

その頃、爆豪はトリガーで凶暴化したエナ＆ディオの容赦ない攻撃を受け、轟は水流を操る敵《ヴィラン》に苦しめられていた。

（トリガー・ボムを止めるために…………みんなの笑顔を守るために……）

たとえ一人でも戦う。けれど、今このとき、一緒に戦っている仲間の存在が、崩れそうになる足を立たせてくれる。

（考えろ……あいつに…勝つ、方法を……）

けれど、想像以上に反射《はんしや》による攻撃が効《き》いていた。

気を抜けば今にも倒れてしまいそうな体で、出久は必死に頭を回転させる。しかし、どんな攻撃も反撃に変わり、攻撃すればするほど自滅していくことになってしまう。

迫る時間のなかで解決策はみつからない。

（考えろ……考え……）

それでもあきらめず一歩一歩フレクトに近づく足がもつれ、限界を超えた出久が意識を失いかける。

だが、倒れこむその体を誰かが支えた。

「ロ、ロディ……どうして……!?」

思わぬロディの登場に意識を取り戻す出久。ロディはどこか悟《さと》ったような。少し寂《さび》しそうな顔で笑った。

「もう大丈夫だデク」

「あ…あぶない……ここから離れて……」

ロディは、自分も瀕死《ひんし》の状態なのに、人の心配をする出久の腰のポシェットに視線を移す。

「ああ、こいつをヤツらに渡したらな」

腰に伝わる感触に出久がハッとする。

ロディが解除キーを取り出していた。

「解除キー……？　ロディ……⁉」

ロディは呆然《ぼうぜん》とする出久を優しく床に横たえると、立ち上がり背を向けた。

「言われたんだよ……こうすりゃ、オセオンの爆弾だけは止めてくれるってさ……」

「ロディ……ダメだ……僕たちが、絶対に、止めてみせるから……」

フレクトに近づいていくロディの背中に、出久がなんとか立ち上がろうとする。

「‼　う…うう……」

だが、激痛が走りうずくまってしまう。ロディがわずかに振り返って言った。

「そんな体で、どうやって止めるんだよ。もう時間もねえ。爆弾は爆発……ゲームオーバーだ……」

「ロディ……」

縋《すが》るような出久の声にも、ロディの表情は覚悟を決めたように揺るがない。

「だから、弟と妹だけは、俺が守る」

「…………」

「デク、俺はしがないチンピラだ……ヒーローのおまえみたいに、全部守る、全部背負《せお》うなんてことはできねぇ……世界と家族……二つに一つしかねーなら、どっちか取るしかねえんだよ……」

その悲壮な声色《こわいろ》に、出久は何も言えなかった。ロディが一番大事なものをなくしたくない気持ちは痛いほどにわかる。わかるからこそ、辛《つら》かった。

「俺のオヤジも、そうだったんだろ……」

睨みながらそう言って、自分の元に近づいてくるロディに、フレクトが満足げに微笑《ほほえ》む。

「そう、君の父親であるエディ・ソウルは、人類救済爆弾の開発に協力してくれた」

出久がハッとし、さっき聞いたアランの音声を思い出す。

『エディ・ソウルが命に代えて作ってくれた、その爆弾の解除キーで、どうか世界を救ってほしい』

あのときは信じられない情報を呑《の》みこむだけで気づけなかった。

ふと見えた、それを聞いたときのロディの驚き。

わずかに哀しみに歪んだ顔。

ロディは、あのとき父親の真実を、そして亡くなったことを知ったのだ。

「なにが協力だ。俺ら家族を人質にして言うこと聞かせたんじゃねえか」

睨みながら一歩一歩近づいてくるロディにフレクトが言う。

「おかげで彼は正しい選択ができた。そして、君も父親と同じだ。愛するものを守るために正しい選択をした。私も同じ。私は人類を愛したからこそ、この計画を選択した……」

出久は立ち上がろうとするが、血で滑《すべ》ってしまう。それでも止めねばと這《は》いずりながら言った。

「ロディ……ダメだ……ロディ……！　ロディ……！」

あきらめるわけにはいかない出久の切実な声に、ロディは小さく首を振る。

「あきらめどきだぜ、ヒーロー……人は、こうやって裏切られていくんだ……。俺もそうだ。いつものことさ。嘆《なげ》くことねーだろ……」

「……ロディ……」

振り向いたロディの、裏切られた日々を思い出しているような冷たい目に、出久が言葉を失いかけたとき、ふと何かに気づく。

フレクトに解除キーを渡そうとしているロディのパーカーのフードの中にいたピノが、

出久に向かって首を横に振っていた。
「…………」
ピノの仕草に、出久はロディと二人で国境に向かう途中の夜のことを思い出す。
『ねえ、ロディ、〝個性〟あるよね？　どんな〝個性〟？』
『笑わねーなら……』
『笑わない』
『絶対だな』
『絶対笑わない』
『俺の〝個性〟は――……』

ピノがまるで合図するようにファイティングポーズをとるのを見た出久が、床についた手に力をこめる。
ロディがフレクトの差し出した手に解除キーを置こうとした直前、あきらめの目に不似合いな力がこもる。

ロディが解除キーを指で回して弾き、空中に跳ね上げた。思わずフレクトが見上げた瞬間、ピノが出久にサッと手を振り下げる。

その合図にフルカウルで一気に飛び出した出久がフレクトに蹴りを繰り出す。

「ピノ！」

その隙にピノが鍵をキャッチし、扉のほうへ駆けるロディの元へ。

「よっしゃ！　狙いどおり!!」

ロディは初めから出久を裏切る気など毛頭なかった。団員たちに捕《つか》まったのを逆手《さかて》にとり、虎視《こし》眈々《たんたん》とこのときを狙っていたのだ。

フレクトを騙《だま》したロディが扉へ駆けながら、ザマァ見ろといわんばかりの笑顔を浮かべて振り返る。だが、ロディが見たのは反射されシャッターに激突する出久の姿だった。

「ガッ！」

「デク！」

「愚か者め！」

怒りの表情で振り返ったフレクトがレーザーを放つ。持ち前の運動神経でなんとか避けながら、必死で扉へとひた走るロディを、起き上がった出久がレーザー装置をエアフォー

スで破壊しフォローする。レーザーを避け、階段を駆け上がるロディ。

しかしまだ残っていたレーザー装置から放たれたビームが階段を破壊した。階段ごと崩れ落ちるロディをレーザーが貫く。

目を見開く出久の前で、ロディが床に落下し転がった。

「ロディィィ!!」

出久がダッと飛び出す前に、フレクトが拳を放つ。ガードする出久だったが、吹き飛ばされ壁に叩きつけられた。

すぐに跳躍《ちょうやく》し倒れているロディの元へ行こうとするが、さらに上から下降してきたフレクトに押さえつけられるまま、《光る赤子》像に激突させられてしまう。

「小賢《こざか》しい……!」

背中に馬乗りになったフレクトが出久の頭を床に押しつけた。装置で反射力を集束し、じわじわと増していく力で押しつぶされていく出久。床が割れるほどの力に出久の顔が激痛に歪んだそのとき、ロディの声が響いた。

「デクーッ!」

ハッとした出久が見たのは、流血しながら開けた扉にもたれかかっているロディの姿。

出久とフレクトが交戦している隙に、重傷を負《お》いながらも、なんとかたどり着いていた。

「そのクソ野郎をブッ倒せ！　爆弾は俺が止める！　いけ！」

扉の間からロディが出久に解除キーを見せる。

「いくんだ、ヒーロー!!　いけぇぇっっ!!」

叫びながら扉の奥へ消えていくロディを見た出久の目が強く輝く。

すぐさまロディを追うフレクトに出久は跳躍して回りこみ、正面から渾身の力で拳を打ちこんだ。反射《はんしゃ》に吹っ飛ばされる出久だったが扉の前に着地し、立《た》ち塞《ふさ》がる。

「……行かせない！　ここから先は……絶対に！」

たとえ自分がダメージを受けるとしても、出久は全力で攻撃を続ける覚悟を決めた。

命がけで爆弾の解除に向かってくれたロディのために、限界を超えてでも止めなければならない。

出久とフレクトの拳が真っ向からぶつかる。すぐにすさまじい反射《はんしゃ》が出久の腕を襲う。

激痛にのけぞりそうになりながらも、それでも必死で立ち向かい続ける。

同じ空の下で戦っている仲間のために。

そして、嘘《うそ》のつけない友達のために。

壁にもたれながら、ロディは体を引きずるように階段をゆっくりと下りていく。

背中の痛みに気を失いそうになりながら、国境を目指していた夜のことを思い出していた。

「ロディ、〝個性〟あるよね？　どんな〝個性〟？」

恥ずかしくて言いたくなかったけれど、結局出久に負けてしかたなくロディは告白する。

「……こいつが俺の〝個性〟だ……。こいつの、ピノの行動は……俺の本心を示す……」

それを聞いた出久が「へえ～！」と興味深そうに目を輝かせピノを見た。

ロディの頭に乗ったピノは恥ずかしそうにモジモジしている。

「いくら俺が嘘をついても、ピノを見られると……本音がバレちまう……。本当、大したことない〝個性〟だろ……」

ロディはピノに愛着があった。時に素直《すなお》になれない自分の代わりに、素直でいてくれる相棒のようなものだ。

それでも、すごい〝個性〟と比《くら》べてしまえば、なんの役にも立たない〝個性〟だと思っていた。

ロディは手のひらの上で動けなくなっているピノを見た。

瀕死《ひんし》のその姿は自分だ。

今の状態をまざまざと見せつけられたようで、ロディから力が抜けていく。

歩こうと思うのに、足は動いてくれずズルズルとその場にへたりこんでしまう。意識が朦朧《もうろう》としかけるが、そのときの出久の言葉が蘇《よみがえ》った。

『そんなことないよ、ロディ……嘘をつけないなんて……とってもステキな〝個性〟じゃないか……』

だから言いたくなかったんだと少しむくれるロディに、出久は目を輝かせて微笑んだ。

ロディは、今も戦っているお人好《ひとよ》しのヒーローを想いながら、死にかけているピノを撫《な》でる。

この〝個性〟も捨てたもんじゃないと思えた。

ロディは力を振《ふ》り絞《しぼ》り、ゆっくりと世界の命運を握る地下へと降りていく。

本拠地の外では、激しい戦いが続いていた。

爆豪は激しい負傷を負いながらも、エナ&ディオに爆破《ばくは》を放つ。

だが、トリガーでより大きく俊敏《しゅんびん》さを増し強力になった剣が、一太刀《ひとたち》で太い建物の柱を両断するほどの威力で縦横無尽に爆豪を追い詰める。必死で間髪入れず爆破《ばくは》を放つが、凶悪に舞い踊る剣にことごとく防がれてしまっていた。

「ガッ!!」

爆豪の頬《ほお》を剣が切り裂き、鮮血が吹き出す。

(クソ!　右側の反応が……!)

右から迫る剣に爆破《ばくは》が遅れ、その隙を狙われ右脇腹を切りつけられる。

「カカカカカ!」

バランスを崩しながらもなんとか迫る太刀筋を避けた爆豪に、エナ&ディオが不規則な動きで一気に迫る。

「ガァ!!」

切られた左足から鮮血を散らしながら、爆豪は爆破《ばくは》で上昇した。執拗《しつよう》に襲いかかってくる剣を避け続け、爆破で一本の剣を破壊するが、瞬く間に数本の剣が突き刺さる。

絶体絶命。

だが、次の瞬間、爆豪は体に剣を突き刺したまま、両腕を上に向け爆破《ばくは》を放つ。爆豪とともに、エナ＆ディオの腕でもある剣が急下降すると数本が集まって束《たば》のようになった。

爆豪はそれを両手でつかむと、血が噴き出すのもかまわず渾身の力でふりまわした。

「ぐうおおお！」

遠心力に引っ張られるエナ＆ディオの剣の腕を柱に巻きつける。その下に着地した爆豪は自分の体に刺さらせた剣を抜き、血みどろの顔で凶悪に笑った。

「やっと……おとなしくなりやがった……！」

そう言いながら両腕をエナ＆ディオに向け、腕に装着していた籠手を発射する。

腕を拘束《こうそく》されているエナ＆ディオは、それを剣に変化させた舌で迎え撃つ。

剣の舌が籠手を切りつけた瞬間に散った火花が、籠手のなかにたっぷり溜めていたニトロのような物質に着火した。

目も眩《くら》むような爆発に巻きこまれ、エナ＆ディオが苦しむようにのたうち回る前で、爆豪は両手から爆破《ばくは》を出し回転しながら上昇していく。

「ギギギギ……」

柱にめりこんだままのエナ＆ディオがハッとする。目の前に巨大な竜巻が渦巻いていた。

「今度こそブチこんだらぁ!!」

逃げられないエナ＆ディオに、爆豪が竜巻ごと錐《きり》もみ回転しながら突っこんでいく。

「榴弾砲着弾《ハウザーインパクト》!!!」

最大火力の大爆発がエナ＆ディオを飲みこみ、周囲の柱ごと一瞬にして破壊した。

彼らには瓦礫のなかでただ呻《うめ》くだけの力しか残されていない。

よろけながら着地した爆豪の足から刺さっていた剣が落ち、灰になって崩れた。

「この……タコども……」

苦戦させられたエナ＆ディオに向けて、爆豪はサムズダウンしてから、眠るように倒れゆっくりと気絶した。

その頃、轟も水中で苦戦していた。流されながら、トリガーで暴走しているレヴィアタンに強い力でつかまれ、剝《は》がすこともできない。

（……い、意識が……）

酸欠《さんけつ》で遠のきそうになる意識のなかで、轟は水流の変化とかすかな光を感じた。

（……あれは……）

なんとか前方に視線を向ける。すると流れの奥が明るくなっているのが見えた。

滝だ。

千載一遇《せんざいいちぐう》のチャンスに、轟が激しい流れのなかで気力を振り絞り氷結《ひょうけつ》を続ける。

（間に合え！）

手放しそうになる意識を必死にたぐり寄せながら、轟は氷結《ひょうけつ》を続けた。そしてレヴィアタンの触手《しょくしゅ》全体が完全凍結する。

触手《しょくしゅ》が徐々に崩れはじめたそのとき、滝から放り出されるように飛び出した。轟の氷結《ひょうけつ》で水しぶきが一瞬で凍っていく。落下しながら轟は糸状にした炎で凍った触手《しょくしゅ》を四散させる。しかし完全に崩しきる前に触手《しょくしゅ》を再生させながら敵が迫ってきた。

「GURAAAA!!」

「くっ」

しつこいレヴィアタンに轟が悔しそうに顔をしかめ、動きを止めねばと再び半身の温度

を急低下させていく。

そして周囲の水を凍結させ、まるで美しい鳥籠《とりかご》のような氷の檻《おり》にレヴィアタンを封じこめた。

腕と半身を氷漬《こおりづ》けにされたレヴィアタンだったが、頭の角《つの》を伸ばして回転させ、ドリルのように氷を粉砕していく。その角がそのまま向かってくるが、轟は華麗に氷の檻を滑りながら角を避け、やっかいなレヴィアタンに向かい叫んだ。

「緑谷の邪魔はさせねぇ！」

そして左手に熱を集め、圧縮した炎の塊《かたまり》を連続でレヴィアタンに向かって放つ。

「膨冷熱波《ぼうれいねつぱ》!!」

レヴィアタンに命中した炎の塊の熱に、氷の檻が一瞬で収縮し激しい温度差で大爆発した。爆風に煽《あお》られた轟がハッとする。

「ＧＲＵＵＵＵ!!」

巨大なレヴィアタンの形を成した炎が轟に襲いかかる。その大きな口に飲みこまれる轟。

「ぐうううう！」

轟は身を焼く炎に苦しみながら、半身の温度を下げる。けれどあまりの高温に氷結《ひょうけつ》はた

WORLD
HEROES'
MISSION

だの蒸気になって消える。

炎のなかでレヴィアタンの本体が叫び声をあげながら轟に向かってくる。

(炎まで操れんのか……!! なら……っ! 今、俺にできる最大の……!!)

轟は迎え撃つ覚悟を決め、半身の燃焼に集中した。それを拳に凝縮させていく。

炎のなかでさらに激しい炎をまといながら襲いかかってくるレヴィアタン。轟は極限まで炎熱《えんねつ》をためた拳を大きく振り上げる。

「赫灼熱拳《かくしゃくねっけん》!!」

レヴィアタンの腹に撃ちこまれる轟の超高温の炎の拳。勢いを増し、止まることなくさらに噴き上がる炎が、レヴィアタンの体を飲みこんでいく。

「噴流熾炎《ふんりゅうしえん》!!」

レヴィアタンの背中を突き抜ける炎。

反比例するように轟の瞳が冷えていく。

急速に下がる半身の熱が瞬く間に零度を下回り、冷気が一気に噴き出す。灼熱と極寒《ごっかん》を身にまとう轟の姿がレヴィアタンとともに見えなくなる。

その温度差で巨大な水蒸気爆発が起こった。炎の塊が消え、トリガーの効果が切れ気絶しているレヴィアタンと、轟が落下していく。

（……緑谷……止めろ……必ず……）

意識を失いながら、轟は追いつけない悔しさと希望を出久に託し、滝壺《たきつぼ》に飲みこまれた。

出久が必死でフレクトを止めている間に、ロディはなんとか地下の制御システム室へとたどり着いた。

痛みと出血は止まらず、意識が朦朧としてくる。それでも進もうと力を入れた足が自らの血で滑り、ロディが倒れる。

その拍子《ひょうし》に片手に持っていたピノと、首にかけていたペンダントが転がってしまう。

「う……」

ロディにもう立ち上がる力は残っていなかった。ピノも苦しそうに倒れたままだ。

その奥、システムの前に転がったペンダントが目に入る。見えなくても、目に焼きついている写真。

笑っている弟と妹。ここで自分があきらめてしまえば、二人を失う。

ロディは最後の力を振り絞るように這いずり、システムに近づきながら、父親のことを思い出していた。

「お…俺も……オヤジ…みてえに……」

捨てられたと思った。

けれど違った。守ってくれていた。

だから俺も守りたい。

弟と妹がいつまでも笑っていられるように、そのすべてを。

ふと思い浮かぶのは、自分を変えてくれたヒーロー。

ロディから動くたびに血があふれ、床に跡を残す。

なんとかシステムに近づこうとするが、時間は刻々と過ぎていく。

「お…俺も……デク…みてーに……」

ロディは必死に解除キーを持ち、システムに手を伸ばす。しかしどうしてもわずかに届かない。

限界を超えて伸ばし続けた震える手が、パタリと落ちる。

その傍《かたわ》らでピノの姿もゆっくりと消えようとしていた。

残り時間一分をきったことを報《しら》せる甲高《かんだか》い音が神殿内に響き渡った。

「ロディ!?」

神殿内のモニターに倒れて動かなくなったロディの姿が映し出され、思わず叫んだ出久にフレクトの蹴りが浴びせられる。

「ガッ!!」

吹っ飛ばされる出久。フレクトは嫌悪の表情を浮かべてモニターのロディを見た。

「親子そろって無駄死《むだじ》にとは……クズは救いようがない」

「違う……!」

くぐもった声がする。フレクトが声のしたほうを見ると、瓦礫のなかから立ち上がった出久がいた。

「ロディは……僕の友達はクズなんかじゃない!!」

怒気《どき》を含んだ声でフレクトを睨む出久が、ダッと飛び出し蹴りを繰り出す。しかしすぐにすさまじい反射《はんしゃ》の衝撃に襲われた。

「ぐううう！」

「ムダだ。まだわからぬのか」

「当たり前だ！　僕はロディを信じる！」

衝撃に耐え、出久は一歩も引かない。フレクトをまっすぐに睨みながら叫んだ。

「ヒーローを信じる!!」

揺るぎのない出久の信念に、フレクトの顔が憎しみに歪む。その顔に奇妙な波紋のようなものがあらわれた。

Part《パート》.6 タイムリミット

VILLAIN CATALOG

レヴィアタン

HEROS

オセオンの都市部では、エンデヴァーたちが爆弾のあるオセオン・タワー前で護衛の敵《ヴィラン》たちと交戦していた。迫る時間に、エンデヴァーが炎で敵《ヴィラン》を制し、そのままトリガー・ボムを一人で持ち上げる。

「うおおおお!!」

足から炎を噴射させ上昇する。万が一爆発したとき、被害を最小限におさえるため空へと運ぶつもりだ。

しかし、ロケットのように上昇するエンデヴァーに敵《ヴィラン》が再び襲いかかろうとする。

「エンデヴァーを援護しろ!」

邪魔《じゃま》をさせまいとバーニンが〝個性〟の黄緑《きみどり》に燃える髪を操《あやつ》り敵《ヴィラン》を排除する。ほかのチームヒーローたちも一丸《いちがん》となってエンデヴァーをフォローした。その間にエンデヴァーは上昇し続けていく。

「ショートよ、ここは俺に任《まか》せろぉっっっ!」

WORLD HEROES' MISSION

離れた場所で戦っているであろう息子を思いながら、さらに高みへ。

「行け、剛翼《ごうよく》！　被害が及ばない場所へ！」

アメリカでも、敵《ヴイラン》たちに襲撃されるなか、ホークスが剛翼《ごうよく》でトリガー・ボムを上空へ。

だが、近くの海へとトリガー・ボムを運ぶのを敵《ヴイラン》が追いかけてきた。

それを飛行してきた常闇《とこやみ》が黒影《ダークシャドウ》で排除しながら、焦《あせ》ったようにホークスに通信で叫んだ。

「ホークス、新《あら》たなトリガー・ボムが発見された‼」

「なんだって⁉」

爆発時間が差し迫る。


日本では、貨物列車に隠されていたトリガー・ボムを確保し、セメントスがガスが拡散しないようにコンクリートで固めたところだった。

「こちらは対処終了！」

「残りのトリガー・ボムは？」

ファットが通信で話しかけると、障子《しょうじ》の声が返ってくる。

『現状、あと二つ！』

必死に索敵《さくてき》しながら障子の近くの耳郎《じろう》が通信に割って入った。

『待って！　新たに発見！　合計三つです！』

新たにトリガー・ボムを発見した場所で、敵《ヴイラン》と切島《きりしま》が戦っていた。

（ぜってーあきらめねえ!!　そうだろ、爆豪《ばくごう》!!）

離れて戦っている仲間への熱い信頼を抱《いだ》きながら、切島は敵《ヴイラン》をなぎ倒し、トリガー・ボムを確保するべく駆けだした。


フランスでは、大勢の団員たちとの交戦が続いていた。お茶子《ちゃこ》がその合間をぬってトリガー・ボムに触れ、浮き上がらせる。

（このまま上昇させて……！）

無重力になったトリガー・ボムを空に投げようとしたそのとき、敵《ヴイラン》がお茶子を攻撃してきた。不意を突かれ、吹き飛ばされるお茶子。トドメを刺そうとする敵《ヴイラン》に梅雨《つゆ》の舌が巻きつき、そのまま力いっぱい投げ飛ばした。

「お茶子ちゃん！　トリガー・ボムが!?」

お茶子を心配しながら着地した梅雨がハッとする。

トリガー・ボムが高層ビルへ向かっていたのだ。このままぶつかればタイムリミット前に爆発してしまうかもしれない。

お茶子が全力で駆けだし、両手で自分に触れ勢いをつけてトリガー・ボムめがけてジャンプした。

(あきらめない。デクくんなら絶対に‼)

誰よりもヒーローに憧《あこが》れ、誰よりもヒーローであろうとする出久《いずく》をずっと見てきたからこその揺るぎない確信を抱きながら、お茶子は爆弾に手を伸ばす。

その信頼は、エジプトで団員たちと戦っている上鳴《かみなり》たちも同じだった。

(緑谷《みどりや》たちがあきらめるかよ!)

ポインターで敵《ヴイラン》たちを次々と感電させながら、上鳴が放電《ほうでん》を続ける。瀬呂《せろ》と峰田《みねた》も限界を超えながら必死で抗戦した。

(だったら俺たちも……!)

シンガポールでは地元のヒーローが口からの大噴水で、トリガー・ボムを上空へと上昇させていた。

八百万《やおよろず》もそれを邪魔させまいとチームのヒーローたちとともに、創造《そうぞう》した武器を手に、襲いかかってくる敵《ヴィラン》たちと戦っている。

（絶対にあきらめませんわ！）

絶対的な信頼を胸に、最後の最後まで戦い抜く覚悟を決めていた。

そして、それは出久も同じだった。

「そう……！　ヒーローはあきらめない！　あきらめたりなんかするものか！」

ヒーローであろうとする人を、仲間たちを、心の底から信じている。

離れていても、一緒に戦っている。

出久は渾身《こんしん》の力でフレクトに向かって駆けだした。正面から迎《むか》え撃《う》つフレクトに出久の拳《こぶし》が打ちこまれる。

その瞬間、再びフレクトの反射鏡のようなものが揺らいだ。

しかしすぐ反射《はんしゃ》の衝撃が出久を襲った。サポートアイテムもコスチュームも、砕《くだ》かれ破れる。気を失いそうな全身の痛みに貫《つらぬ》かれながら、それでも出久はいっさいの躊躇《ちゅうちょ》なく再び力をこめていく。

その力に、再びフレクトの顔に奇妙な波紋《はもん》があらわれた。

さっきより顕著《けんちょ》になったその変化を知らせるように、今まで微動《びどう》だにしなかったフレクトが力に押されたようにわずかに後退した。

「!?」

異変を感じながらも、フレクトは出久を押し返す。

反射《はんしゃ》を受け吹き飛ばされる出久が天井へ激突した。破壊され崩《くず》れ落《お》ちてくる瓦礫《がれき》とともに出久が真《ま》っ逆《さか》さまにフレクトめがけて蹴《け》りを落とすと、その威力にフレクトの足下が一瞬で大きく円状に割れ凹《へこ》み、波立つように破壊される。

(やはりパワーが上がった……?)

フレクトは自身に不安定にあらわれる奇妙な波紋を感じながら、出久の力を分析する。

けれど、その結論に違和感を覚えた。

反射《はんしゃ》に飛ばされ床《ゆか》を高速で転《ころ》がる出久。

「違う……それだけではない……」

フレクトは感じる違和感のまま、自分の両腕を訝《いぶか》しげに見た。

立ち上がりすぐさま走りだした出久も、それに気づいていた。

(威力が落ちてきてる!!　そうだ、あいつの反射《はんしゃ》の〝個性〟には限界点があるんだ!!　なら!)

出久はフェイクを入れながらフレクトに蹴りをお見舞いする。反射《はんしゃ》が足を襲うが、出久はかまわず力を押しこんだ。

(その限界を超えろ!!)

「うくうううゔ!!」

出久はすさまじい反射《はんしゃ》に耐えながら、渾身《こんしん》の力を出し続ける。

力が、力を超える。

弾《はじ》かれる出久。しかし、今度はフレクトも反対方向に弾かれていた。

「うううおおお!!」

間髪《かんはつ》入れず出久が再びフレクトへ。

とっさに身構《みがま》えたフレクトが、衝撃に弾かれる。さっきより明らかなその衝撃にフレクトは唖然《あぜん》とした。

「――まさか……〝個性〟の限界……⁉　そ、そんなことが……」

初めての感覚に困惑《こんわく》するフレクトに出久が言う。

「おまえはあきらめたんだ。あきらめなければ……何度もぶつかっていけば、人と触れ合えたかもしれないのに……！　病気だとか言って勝手にあきらめて、絶望して、おまえはぶつかることをやめたんだ！」

「黙れ……」

フレクトの手が怒りに震える。

指摘された現実を受け入れれば、今までの自分を否定することになる。人類を救済すると誓《ちか》ったこれまでが意味のないものになる。

自分を否定すると言いながら、フレクトは否定されることを拒《こば》んできただけなのだ。

現実を押しつけてくる目の前の出久を、フレクトは憎悪した。

「僕たちはあきらめない言葉を知っている……」

「……黙れ……！」

WORLD
HEROES'
MISSION

「いつも自分たちに言い聞かせてる……！」

身構える出久の体にフルカウルのプラズマが走る。フレクトが殺気をこめて出久を睨《にら》んだ。

「……黙れ……」

「さらに向こうへ！　プルスウルトラァァァ!!!」

「黙れぇっっ!!」

拳に全力をこめた出久に、フレクトも拳を放つ。

激突した二人の周囲に衝撃が広がる。

弾かれるフレクト。だが、反射力が弱まっただけで、フレクト自身にはダメージはない。依然、出久には反射《はんしゃ》のダメージが蓄積《ちくせき》し続けていた。それでもかまわず間髪入れず攻撃を繰り出していく。

フレクトからの攻撃を避け跳躍《ちょうやく》し、そのまま高く上げた踵《かかと》をフレクトの脳天めがけて振り落とす。だが両腕で防がれ、反射力を利用し威力を増した蹴りを食らってしまう。

顔から床に叩《たた》きつけられた出久は、跳《は》ね起《お》きた勢いのまま奥の壁を駆け、再びフレクトへ。激突する二人が互いに弾かれた。

出久は止まることなく攻撃を続け、フレクトも迎え撃つ。激突し、二人はそのまま跳躍し地面がめくれ上がる。

柱の上部に衝突した出久とフレクトは反射《はんしゃ》で反発しながらも向かいあう。

拮抗《きっこう》する強烈な力と力。波動が渦を巻く。

装着していた装置が服とともに砕《くだ》け、本能的に危機を察知したフレクトの恐れに比例するように、抵抗してくる出久の力に対する反射力が高まる。

ぶつかりスパークしたエネルギーが爆発し、柱を破壊した。一気に飛び散る本の間を落下する出久。フレクトがそのまま出久の背後から顔を床にめりこませていく。

割れていく床。飛び散る血。

「があああ!!」

フレクトの腕を出久が弾く。鬼気《きき》迫る出久が半身を翻《ひるがえ》し、渾身の力で拳を繰《く》り出《だ》す。

「デトロイト・スマッシュ!!」

腹部に撃ちこまれた衝撃に唖然とするフレクトが吹き飛ばされ、天井のキメラの壁画に激突した。

忌《い》むべき未来の象徴が崩れる。

「ぬううぅっ!!」

フレクトがめりこんだ天井から、向かってくる出久に怒りのまま飛び出す。

正面から直接激突する拳と拳。出久の力が反射力を超えた。

激しい肉弾戦。フレクトが夢にまで見た触れ合いは死闘だった。

息もつけぬほどの拳と蹴りの応酬《おうしゅう》。

間髪入れぬ、本能とプライドの激突。

出久は弾かれながらも、満身創痍《まんしんそうい》の体で攻撃を続けた。弱ったとはいえ、返ってくる反《はん》射《しゃ》は一発一発が重い超パワーの衝撃だ。それでも拳を、足を出し続ける。

形勢が傾《かたむ》いたのは一瞬だった。

フレクトの蹴りが出久の頭を直撃する。かろうじて残っていた反射鏡のようなサポートアイテムの反射力を乗せた衝撃に、出久は床に叩きつけられるように落下した。

出久の意識が遠のきそうになる。

体中の細胞が激痛に悲鳴をあげている。

それでも、その細胞の奥底から聞こえてくる声がある。

『ヒーローとはピンチをぶち破っていくもの!』

「……オール……マイト……」

二人は〝個性〟で深くつながっている。細胞に染《し》みこんだ、魂《たましい》の絆《きずな》。

オールマイトは遠く離れた場所から、愛弟子《まなでし》を想う。

(緑谷少年！)

出久は自分のなかにワン・フォー・オールの力が蘇《よみがえ》ってくるのを感じた。

『ヒーローは、守るものが多いんだよ。だから……』

「――だから、負けないんだ!!!」

立ち上がり構える出久。

満身創痍の体に一〇〇パーセントのフルカウルをまとい、一気にフレクトへ。

「うおおおお!!」

対するフレクトも全力で出久に向かいながら、腕の反射鏡のようなサポートアイテムをすべて右肘《ひじ》に集める。

出久が渾身の力をこめた拳を繰り出す。真正面から向かうフレクトの拳から何重《いくえ》もの反射力が押し出され、出久の拳を腕ごと破壊するように弾き飛ばす。

けれど出久はかまいもせず、その腕に全身全霊の力をこめた。

フレクトの腹部をとてつもない衝撃が襲う。前のめりで吐血《とけつ》しながら吹き飛ばされ、壁に激突する。

「…………！」

ハッと顔を上げるフレクトに、出久が片足を大きく振り上げた。

その大きくまっすぐな目には、どこまでも澄んだ正義と恐ろしいほど大きすぎる底知れない愛が満ちている。

「――ユナイテッド・ステイツ・オブ・ワールドスマッシュ!!!」

すさまじいスピードをのせ、力強く振り抜かれる足から獰猛《どうもう》な蹴りがフレクトの顔を直撃した。激しく歪《ゆが》んだ顔のまま吹っ飛ばされ、壁に激突し跳ね返されたフレクトを、出久は畳《たた》みかけるように飛び蹴りで襲う。

飛ばされたフレクトが壇上に掲《かか》げられていた大きなヒューマライズのマークに激突した。かろうじて形を保《たも》っていた建物が、主《あるじ》を失ったように崩れていく。その土煙のなか、決した勝負に出久は地下へと駆けだした。

タイムリミットまで時間がない。

遠ざかる足音を聞きながら、瓦礫のなかで倒れているフレクト。

現実に抵抗する力ももう残っていない虚無《きょむ》の目で呟《つぶや》く。

「……もう……手遅れだ……」

出久は痛む体も忘れて全力で階段を駆け下りる。

だが、出久が地下の制御システム室にたどり着いたそのとき、危険を知らせる甲高《かんだか》い音が無情《むじょう》に鳴り響く。

出久の大きな目がさらに零《こぼ》れそうに見開かれた。

エジプトで、トリガー・ボムの爆発に身構えていたシンリンカムイが唖然として呟く。

「……タイムリミットを過ぎたのに……」

フランスでも、宙に浮かせたトリガー・ボムは静寂《せいじゃく》を保ったままだ。お茶子が言う。

「——爆発しない……」

オセオンでも、トリガー・ボムを持ったまま上空にいるエンデヴァーが沈黙している爆弾を凝視していた。

「機能が停止している……」

アメリカでは、ホークスとともに飛行しながら常闇がやっとその沈黙の意味を理解した。

「解除したのか……」

「ああ……やってくれた……！」

ホークスが青空にホッと笑《え》みを浮かべる。

新しい日を告げる朝日が世界を照らしていく。


世界がテロの恐怖から解放された。

その事実を噛《か》みしめ、司令部にいた職員たちが歓喜の雄叫《おたけ》びをあげる。この瞬間のために、不眠不休で共に戦ってきたのだ。

オールマイトは各地のヒーローたちの喜ぶ様子《ようす》を笑顔で誇らしそうに眺《なが》めた。

（よくやってくれた……みんな……）

そして、オセオンにいる出久に想いを馳《は》せる。

きっと何倍も成長しているだろう愛弟子を早く出迎えたいと思った。

制御システムに、ピノが解除キーを突き刺していた。

その光景に目を見開いていた出久の表情が、安堵《あんど》と感謝にやわらかく崩れる。

一秒を切っていたカウントダウンの数字の前で、キーにぐったりともたれていたピノが出久に気づくとなんとか体を起こし、震える羽でサムズアップしてみせた。

そして、ロディも。

「ありがとう、ロディ……」

ロディの震える指を出久は優しく握《にぎ》り、そっと抱き起こそうとする。

「少し我慢して、すぐ病院に――」

「デク……」

痛みに辛《つら》そうにしながらも、ロディが出久に聞く。

「……お、俺は、オヤジみたいに、家族を守れたんだよな……？」

震える声でそう言うロディに、出久はしっかりと目を見据《みす》え、笑顔で頷《うなず》く。

「……うん」

「爆弾、止められたよな……？」

「うん」

ピノは起き上がり、カウントダウンの数字を見ている。

ロディは触れている出久の手に力をこめた。

「……デクみてーに、全部取れたよな……？」

その言葉に出久の笑みが深くなる。

どんな思いでロディが必死で動いてくれたのかがじんわりと染《し》みこむように伝わって、胸がいっぱいになった。

「うん、取れた……すごいよ、ロディ……」

きれいな涙を浮かべて子どものように笑う出久に、ロディはやっとやり遂《と》げたことを実感した。

体中が痛んで立ち上がれないほどなのに、胸の奥が熱くなる。やっと解《と》けた緊張が涙腺《るいせん》を緩《ゆる》ませた。

「……へへへ、俺、カッケー……」

「Ｐｉ〜！」

ピノがそんな二人の前で、エッヘンと胸を張ってみせる。

「フ…フフフ……」

「ハハハ…ハハ……アハハハハ！」

「アハハハ！」

ピノの仕草に安堵した出久が笑いだすと、ロディも釣られるように笑いだした。

笑いたくて、笑った。

泣きながら、笑った。

父親を恨《うら》んだことも、亡くした悲しみも。

犯罪に加担した後悔も、自分の夢から目をそらしたことも。

全部、やっと今、受け入れられた気がした。

思想団体ヒューマライズ指導者のフレクトにより企《くわだ》てられた無差別テロは、ヒーローチ

ームの活躍により未然に防ぐことに成功したと全世界にいっせいに報道された。

フレクトをはじめ団員はもちろん、密《ひそ》かに団員だったオセオン警察の長官、警察官たちも逮捕された。

重傷を負った爆豪と轟《とどろき》も一命を取《と》り留《と》め、担架《たんか》で運ばれていた。

事件は終わった。トリガー・ボムは一発も爆発することなく、ヒーローたちは世界を守り抜いた。

でも、彼らだけじゃない。

本当に世界を救ったのは、諦めなかったのは……。

無事救出された出久、爆豪、轟、ロディの四人は仲良くオセオンの病院の一室に入院することになった。
「まったく、あんたたちは毎度毎度ムチャするんだからねぇ……チユー！」
重傷者が一番多いオセオンまで来てくれたリカバリーガールが、出久のほっぺにチュウしながら〝個性〟で治癒《ちゆ》していく。次は轟だ。

「チユー！」

一見ほっぺにチュウしているようにしか見えない光景に驚くロディに、出久が言う。

「もともと持っている治癒力を活性化してくれるんだよ」

「へえ～」

「あんたもムチャしたね？　ほら、チユー！」

リカバリーガールがチュウすると、最初は困惑していたロディが「おっ？」と目を輝かせる。

「なんか、ちょっと体軽くなった気がする」

「でしょ？　学校でも、ものすごくお世話になってるんだ」

そう言う出久に轟が言う。

「緑谷はとくに多いな」

「いや、最近はなるべく怪我《けが》しないようにはしてるんだけど……っ」

申《もう》し訳《わけ》なさそうに言い訳する出久に、「そういや、そうだな」と頷く轟。

「しとるわ！　本当に強《つえ》ぇヤツは怪我なんかしねーんだよ」

「はいはい、チユー！」

吠《ほ》える爆豪にリカバリーガールがチュウしたそのとき、病室のドアが開いた。

「お兄ちゃん……」

「ロロ！　ララ！」

恐る恐る顔を覗《のぞ》かせたロロとララが、ロディを見て「お兄ちゃ〜ん！」と泣きながら抱きついてくる。二人が死ぬほど心配してくれていたのがわかり、ロディは二人をギュッと抱きしめた。

「心配かけてごめんな。もう大丈夫だ」

その光景を出久と轟が微笑《ほほえ》ましく見守る。すると、やっと出久たちに気づいたロロが「誰……？」とロディに尋《たず》ねた。

ロディは出久たちを見てから言う。

「この人たちはヒーローだ」

「ヒーロー……」

以前のロディと同じく、あまりヒーローにいいイメージのない二人が少し困ったように出久たちを見た。そんな二人にロディはニッと笑ってみせる。

「世界を救ったんだぞ。カッコいいだろ？」

ロロとララは、そんな兄の顔を不思議そうに見ていたが、同じようにニッと笑った。そして出久たちにニコッと笑う。

「「ありがとう！」」

かわいいお礼に、出久と轟が笑みを深める。爆豪は治癒されながら面倒くさそうに小さく舌打ちした。出久が言う。

「お兄ちゃんもカッコいいヒーローだよ」

今度は、その言葉を二人は褒《ほ》め言葉として「「うん！」」と満面の笑みで受け取る。

ロディは照れくさそうに顔をしかめて、その笑顔を嬉《うれ》しそうに眺めた。

MY HERO ACADEMIA
WORLD HEROS' MISSON

Part《パート》.7 仕事《しごと》

それから数日後。

帰国の途《と》につくためエンデヴァーたちは空港にやってきていた。

搭乗口へ向かおうとしている出久《いずく》に「Ｐｉ～！」と聞き慣れた鳴き声がする。振り返った出久に笑顔が浮かんだ。

「ロディ!?　退院は明後日《あさって》じゃあ？」

松葉杖《まつばづえ》をつき、「へへっ」と笑いながらやってくるロディに駆《か》け寄《よ》る出久。

「もう大丈夫だってよ」

「よかった……」

なんとか歩けるようになったその姿に出久はホッとする。

そんな二人を気遣《きづか》い、エンデヴァーたちはエスカレーターで先に搭乗口へと向かっていく。

轟《とどろき》が出久の新しい友達との別れの挨拶《あいさつ》を見送る横で、爆豪《ばくごう》は感動的な別れのシーンを予感してか、胸クソ悪そうな顔をして先に行った。

安堵《あんど》する出久にロディはからかうように言う。

「あのままクタバってたら伝説になれたかもしれねーのにな」

「縁起《えんぎ》でもないこと言わないで」

苦笑《くしょう》する出久に、ロディはイタズラがみつかった子どものようにニヤリと笑う。

一息つき、出久は真剣な顔でロディをみつめた。

「ねぇ、ロディはこれからどうするの？」

「いつもの生活に戻るだけさ」

しれっと答えたロディが続ける。

「もちろん、どっちかじゃなく、どっちも手に入れてやる」

「Ｐｉ～！」

そのとおりというようなピノがロディの肩に乗る。

たぶん、簡単なことではないだろう。きっとそれはロディ自身もわかっているはずだ。

それでも、軽い口調のなかにしっかりとした覚悟があった。

だから、きっと大丈夫。

ロディらしいと、出久は頬《ほお》を緩《ゆる》めた。

「……うん」

そのとき、空港内にアナウンスが響いた。

『NNY二二四便の搭乗《とうじょう》手続きを開始いたします……』

響きも消えて、わずかな沈黙のあとで出久が口を開く。

「そろそろ行かなきゃ……」

「もう二度とオセオンに来んなよ。デクといるとロクなことがねぇ」

ロディが肩をすくめ皮肉《ひにく》る。

けれど、向こうを向いたロディの肩にいるピノは必死に涙を我慢していた。

「日本で勝手にヒーローしてろ」

そう言うロディを出久は抱きしめた。

「また、会いに来るから……」

「……二度と来んな……」

そう言いながらロディも松葉杖を放し、出久を抱きしめ返す。

さよならの代わりに、自分を変えてくれたヒーローに変わらない友情をこめて。

出久たちを乗せた飛行機が飛んでいく。空港を出たロディは、その飛行機を真剣なまなざしで見上げた。

数日前とはまったく違って見える飛行機に、ロディはやる気が湧《わ》いてくる。その足でいつものバーへと向かった。

入り口には、アルバイト店員募集のチラシが張ってあった。

店内に入り、いつものようにカウンターの奥でグラスを拭《ふ》いている店主に近づいたロディは、自分を指さしながら声をかける。

「おっちゃん、仕事ない？　できれば、まっとうなヤツで……」

ロディをチラリと見た店主はグラスを拭きながら言った。

「……店員が一人辞《や》めやがった。手伝え」

ロディは「うーん……」と大げさに困ったように顔をしかめる。

「どうすっかな～」

けれど、髪から飛び出したピノは満面の笑顔だ。

「Ｐｉ～！」

弟と妹のためだけではなく、自分を大切に想ってくれている人たちのために自分の人生を生きていく。

ロディが見上げた空は、昨日《きのう》より近い。

いつか飛べるその空は、世界中、つながっている。

MY HERO ACADEMIA
WORLD HEROS' MISSON

■初出
僕のヒーローアカデミア THE MOVIE　ワールド ヒーローズ ミッション　書き下ろし

この作品は、2021年8月公開の映画
『僕のヒーローアカデミア THE MOVIE　ワールド ヒーローズ ミッション』（脚本:黒田洋介）
をノベライズしたものです。

［僕のヒーローアカデミア］ THE MOVIE ワールド ヒーローズ ミッション

2021年8月11日 第1刷発行

著　者／堀越耕平 ◉ 誉司アンリ

編　集／株式会社 集英社インターナショナル
〒101-8050　東京都千代田区一ツ橋 2-5-10
TEL　03-5211-2632（代）

装　丁／阿部亮爾〔バナナグローブスタジオ〕

編集協力／佐藤裕介〔STICK-OUT〕

編集人／千葉佳余

発行者／北畠輝幸

発行所／株式会社 集英社
〒101-8050　東京都千代田区一ツ橋 2-5-10
TEL　03-3230-6297（編集部）03-3230-6080（読者係）
03-3230-6393（販売部・書店専用）

印刷所／中央精版印刷株式会社

Printed in Japan　ISBN978-4-08-703513-1 C0293

検印廃止